Kadokawa Fantastic Novels
5
U0073965
Welcome to the Classroom of the supreme principle of force
歡迎來到實力至上主義的教室
衣笠彰梧
トモセシュンサク

堀北學
高度育成高中的學生會長。是堀北鈴音的哥哥，但對妹妹很嚴苛。似乎非常器重綾小路……
「你真的想改變嗎？改變這所學校。」

橘茜
與堀北學同樣是三年級的
學生會書記。總是跟著學
生會長。
「不，因為我的直覺
告訴我不想讓
這孩子和會長獨處！」

「小伊吹的運動神經很好嗎？」

「我怎麼知道。
贏的會是堀北，只有這點不會有錯。」

雖然其他男生無從得知，
不過伊吹的運動能力其實
很強。我手上也只有少少
的資訊，無法斷言哪方會
勝出。

「好久不見了，綾小路同學。
睽違八年又兩百四十三天了呢。」

「妳是在說笑吧，我才不認識妳。」

「呵呵，也是。因為是我單方面認識你而已。」

5
Welcome to the Classroom of the supreme principle of force
歡迎來到實力至上主義的教室

歡迎來到
實力至上主義的教室
5
衣笠彰梧
KINUGASA SYOUGO
トモセシュンサク
TOMOSESHUNSAKU
Kadokawa Fantastic Novels

歡迎來到實力至上主義的教室 5

Welcome to the Classroom of the supreme principle of force

contents

彩頁、內文插畫／トモセシュンサク

須藤健的獨白

老實說，我並不優秀。

那種事情用不著周圍說，我也很清楚。

我在做陪酒的老媽離家出走時，就下定決心要變得堅強。

父親的背影縮成小小一團。

我常對他那做清潔工安靜度日的身影感到噁心想吐。

我腦筋不好，早早就放棄念書，進入了體育世界。

最初很喜歡網球或桌球那種單人運動，卻總覺得不太對勁。

我可以順利掌握要領，但很清楚自己無法成為一流球員。

在這情況下我遇見的是籃球。

雖然我很不擅長團隊合作，但奇妙的是，只有籃球可以坦然接受。

所以我才會在實力上有所增長。

之後，我從全國首屈一指的籃球強豪高中收到了體育推薦入學。

但我卻引起了暴力事件，推薦入學因此歸零的那刻，我便深深體悟到了——

體悟到我這個人，是人渣父母所生的人渣。

所以我才會選擇這間學校。

選擇這間既不必花錢，連未來都會受到保障的夢幻學校——

高度育成高級中學學生基本資料　　時間7/1

姓名	白波千尋　Shiranami Chihiro
班級	一年B班
學號	S01T004744
社團	美術社
生日	11月28日

評價

項目	評價
學力	C
智力	C
判斷力	D
體育能力	D-
團隊合作能力	C+

面試官的評語

舉止沉著，態度柔軟給人帶來好感。擁有團隊合作意識，課業上也表現中等，但體育能力低落以及性格懦弱的部分，讓人認為有必要改善。

導師紀錄

小千尋很溫柔，對大家來說是有療癒感的吉祥物！她看待小一之瀨的眼神好像有點可疑？難不成……

「按照干支動物順序去分編的學生姓名，就是找出優待者的關鍵呢。」

目前我所在的地點，是擁擠的咖啡廳「帕雷特」最裡面的桌位。

暑假結束，我和平田、輕井澤、堀北這些奇妙的成員圍著午餐餐桌，目的是為了複習暑假中舉行的船上特別考試。尋找優待者分成十二干支小組，由混合的隊伍進行。我們正在對答案。

「兔子在干支裡的順序是第四，組員順序則是——綾小路同學、一之瀨同學、伊吹同學，接著輕井澤同學呢。」

「這樣啊。我按照五十音順序是第四個，所以才會是優待者呢。」

輕井澤佩服地點頭。話雖如此，但在場兩名女生乍看應該很不搭調，卻因為平田的存在，不知為何完全消除了突兀感，真是不可思議。

「不過啊，那規律豈不是非常簡單嗎？應該說是誰都懂嗎？也就是說，堀北同學你們龍組的優待者，就是第五名的櫛田同學吧？」

輕井澤詢問答案，啪地插下吸管，把牛奶送入口中。

「是啊，如果知道答案，就確實很簡單。不過，要在考試上得到這項答案很不容易。只知道自己班級有的三個優待者，無法得到優待者規律的確鑿證據。」

包括我們自己班級的優待者在內，大概還必須再知道一個班級的三名優待者姓名，才會勉強看得出其可能性吧。況且，就算發現優待者是以「與干支順序相應之名字順序」而定，最初的第一次答題具有風險這點依然不會改變。

因為萬一猜錯答案，就會受到相當大的損害。

當然，如果贏了那項賭注，也可以一口氣扭轉一切。

「我在意的是C班呢，我認為龍園同學在考試中就摸索到了規律。」

平田的推測大概是對的。如果不是那樣的話，他無法做到那種程度。

「可是啊，這不是很奇怪嗎？如果是這樣，那他為什麼會失誤？」

「這點我確實也很在意。雖說有巨大風險，但如果知道規律，就算在結果上識破所有優待者也不奇怪。換句話說，他們班照理來說不會弄錯答案。」

然而，如果試著整理狀況，C班事實上卻答錯了答案。

堀北從稍微不同的觀點說出自己的推理。

「就算C班看起來像是龍園同學的一人舞台，但還是可以想像他們並非團結一致吧。因為也會有不少人對獨裁政權累積不滿。」

「確實如此呢。全體學生都有作答權，所以我認為也無法徹底排除不服龍園同學方針的學生，或是他無法徹底統率的學生，就是他失策的理由。畢竟自己如果答題正確，收到的點數也很龐大呢。」

堀北和平田的推理方向不錯。然而，我們無法斷定就是如此，也依然是個事實。要說為什麼，因為如果有叛徒的話，龍園就會徹底找出那個人物。就算刪掉郵件來躲過那種場面，那傢伙或許甚至會踏入確認個人點數的這一步。

「你怎麼想，綾小路同學？」

堀北這麼做球，平田和輕井澤因此同時看來我這邊。

面對集中在我身上的視線，我差點嗆到口水。

「我不知道耶，完全沒頭緒。」

我這麼打哈哈，他們就一口氣失去興趣地散開視線。

只有輕井澤還看著我這邊，我稍微和她對上眼，她遲了點便撇開視線。

「不管怎麼樣，構築關係就是我們的當務之急了吧。而且，像這樣和堀北同學、綾小路同學一起商量，我覺得很開心呢。」

堀北從沒期盼過平田希望進行的討論。

但是，兩場特別考試結束之後，堀北的想法應該也終於開始出現變化。因為自己被逼入絕

境，所以開始一點一點理解獨自一人無法戰鬥的這件事實。

「這也沒辦法吧。干支考試是絕對無法靠一個人完全攻略的特殊試煉。如果可以預期今後也會有那種考試，擁有某程度上的人脈，就會變得很必要。」

看來讓堀北改變想法的最大要因正是那點。不過她說得沒錯。不斷孤獨地戰鬥也有極限。可以想像今後會有許多無法獨自戰鬥，社會縮影般的考試。

「話說回來，你們順利從龍園同學的手中逃出來了呢。」

不同於堀北的隊伍，身為別組優待者的輕井澤沒被識破真面目，漂亮地考完了考試。帶給D班的間接益處也絕對不小。

「算是吧，我可是意外地擅長擺撲克臉呢，對吧——洋介同學？」

輕井澤抱著平田的手臂，往上看著他，露出了微笑。我甚至無法想像他們兩個的關係有過摩擦。至於這是不是演技，我並不感興趣。

「因為龍園作答前，有其他人弄錯了答案呢。是多虧了那件事。」

不過，她是何時變得會以平田的名字來稱呼他的呢……洋介——雖然我想稍微試著這麼叫他，不過我沒辦法。這或許是平田和輕井澤兩人的複雜情況所創造出的新關係。

平田用笑容回應這樣的輕井澤，接著面向堀北。

「我有一個提議，可以聽我說嗎？」

面對平田的提議，堀北沒有答覆，貫徹了沉默。這表示這樣的意思——說吧。

「首先，為了團結班級，我想拉櫛田同學入夥。我認為她可以補足我們四人無法顧全的部分。因為以池同學、山內同學為始，能完全統合多數男生的人物很有限呢。」

可以駕馭那種學生的勝任者，說不定確實就是櫛田。然而，不知道堀北會不會輕易同意。從入學到現在，她們兩個的關係一直都很糟糕。

「不需要，在控制的這層意義上我不會否定，但這件事就算只有我們也做得到。我就是為此才找你和輕井澤同學。如果你們兩位願意幫助我，就可以突破問題。你們若是像某位仁兄那樣性格彆扭，或許就另當別論了呢。」

她斜眼看向我。實在是很沒禮貌的傢伙。

「如果是綾小路同學的話，他也許的確跟不上我們呢——」

平田以外的兩人同意似的點了點頭。

「妳們覺得我彆扭，還真是錯怪了我。我是隨波逐流的群眾之一，正好就是妳所說的可操控之人。換句話說，就是我是個小人物。」

「會說自己是小人物的，通常都不會是小人物。這是一種答案。」

「那妳是小人物嗎？」

「我？我怎麼可能會是小人物？你能不能別小看我？」

「……好、好的。」

這過程已經只能讓人想成是搞笑短劇，但堀北看來完全不像在說笑。非常難以判斷這是在搞笑還是什麼，但她大概無疑是認真的吧。

1

下午的課堂成了兩小時的班會。

D班班導茶柱老師一來到教室，就淡然地開始進行說明。

「今天起課程就會再次開始，但第二學期從九月到十月初為止的一個月期間，會增加為了體育祭做準備的體育課。我會發新課表，要好好保管。另外，關於體育祭的資料也會連同課表一併發出。請排頭學生把資料往後傳。」

一聽見體育祭這字眼，部分學生就發出了慘叫。雖然也有學生期待這項活動的到來，但活動如果是以體育為主，果然還是會有許多學生不由得覺得討厭。

「另外，學校首頁也像資料這樣公開了活動詳情。有需要的話，請參閱網頁。」

「老師，請問這也是特別考試之一嗎？」

平田身為班級代表，在舉手之後提出問題。

老師當然會回答「沒錯」——雖然任何人都這麼想……

「要怎麼理解是你們的自由。無論如何，那都無疑會對各班造成巨大影響。」

茶柱老師這麼說道，做出既非肯定、也非否定的曖昧回答方式。不擅長運動的學生更是發出慘叫。如果這是普通學校，學生不認真也好、蹺掉也好，都可以隨自己高興，但因為那是左右班級命運的活動，就算不擅長也無法逃避。

「好耶。」

須藤等少部分學生對運動擁有絕對自信，他們像在表示機會就是現在般地興致勃勃。這應該也能說是第一場可以靠腦筋以外的事情為班上貢獻的考試。

「綾小路同學，這個——」

正當周遭的同學都想落荒而逃，獨自不斷閱讀資料的堀北發現了某事而指著資料。我也翻動資料，確認那個地方，發現那裡寫的是很出乎意料的考試方式。雖是一瞬間，但茶柱老師好像看向我這裡。

「已經有人過目資料發現到了吧，這次體育祭採用將所有年級分成兩組的比賽方式。你們D班決定分到紅組，A班也同樣會作為紅組而戰。也就是體育祭這段期間，A班會是你們的夥伴。」

B班和C班成了白組，體育祭將以紅組對抗白組舉行。

「唔喔，真假，還有這種事！」

池會驚訝也不無道理。筆試也好、特別考試也好，基本上考試都是以班級別來戰鬥。他應該預計這立場是不可瓦解的吧。然而，沒想到這卻是徹底的團體賽。與上次在船上的特別考試又是不同的協力型態，而且還是跨越學年的協力戰。

我隔壁的鄰居雖然故作鎮靜，但內心應該陷入了恐慌。

這傢伙的哥哥——堀北學，隸屬三年A班。依據情況不同，說不定他們也會進行討論。

「也就是說，妳終於有機會和他接觸了嗎？」

「……不要在這裡說那件事。」

我只是輕輕提及，就惹她生氣了。看來我好像講錯話，堀北怒瞪著我。

她手上握的那隻筆尖發亮的自動筆讓人毛骨悚然，我真希望她不要這樣。

「你們先看體育祭會帶來的結果。我不打算說明好幾次，請你們一次好好聽清楚。」

茶柱老師輕輕敲著資料，告訴我們必須確認的要點。

我一面側耳傾聽，一面將視線落在資料上。那裡寫著的內容如下：

・體育祭上的規則及分組。

體育祭的舉行採全年級分成紅、白兩組之對戰方式。

分組內容由紅組A班、D班，白組B班、C班構成。

・全體參加競賽的分數分配（個人競賽）。

按照結果，學校將予第一名學生所屬小組十五分、第二名學生所屬小組十二分、第三名學生所屬小組十分、第四名學生所屬小組八分。

第五名以下的名次依序各減一分。團體賽則予獲勝組別五百分。

・推派參加競賽的分數分配。

按照結果，學校將予第一名學生所屬小組五十分、第二名學生所屬小組三十分、第三名學生所屬小組十五分、第四名學生所屬小組十分。

第五名以下的名次依序各減兩分（最後的接力賽跑將予三倍分數）。

・紅白對抗結果帶來的影響。

在全年級綜合分數上輸掉的組別，將平等扣除該組所有年級之班級點數一百點。

・年級別排名所帶來的影響。

在綜合分數上獲得第一名的班級，將予班級點數五十點。
在綜合分數上獲得第二名的班級，班級點數不會變動。
在綜合分數上獲得第三名的班級，將扣除班級點數五十點。
在綜合分數上獲得第四名的班級，將扣除班級點數一百點。

「很簡單，意思就是你們必須不掉以輕心地全力比賽。因為輸掉的小組受到的懲罰絕對不輕。」

扣除班級點數一百點，這件事情確實重要，但我也很好奇其他幾件事。

「那個，老師。請問獲勝組別會得到幾點呢？好像沒記載這點。」

茶柱老師對平田的單純疑問拋出一句無情的話。

「不會有任何點數，只是不會受到扣分處置而已。」

「唔呃，真的假的——這樣完全沒好處嘛。」

附近一片哀號。教室裡會變得鬧哄哄也是難怪。至今為止，巨大的風險都會同時備有無以計量的回報，但這次的體育祭卻完全找不到。

「學校也會確實計算班級別的分數，所以請你們留意。就算A班表現出眾、活躍，你們隸屬的紅組勝利，假如Ｄ班綜合分數是最後一名，還是會受到扣除一百點的懲罰。」

換句話說，就算小組輕鬆獲勝，別說是得利，甚至還會虧損。這個機制著重於「要認真全力應戰」的這點。

話雖如此，但只有Ｄ班表現活躍也是不行。就算我們在年級別上得到第一名，並獲得五十點，輸給白組的話就會被扣一百點，損失班級點數。要是組別輸了，又在年級綜合分數上取得第四名，就會受到共計扣除兩百點的懲罰。以紅組獲勝作為大前提，Ｄ班也必須做出強力貢獻。雖然這麼一看，可以想像它比其他考試都還要嚴苛，不過也算是看得見如特別獎金般的東西。

・個人比賽的酬勞（可用於下次期中考）。

學校將贈予在個人比賽上得第一名的學生個人點數五千點，或是筆試上相當於三分的成績（選擇分數的話不可贈予他人）。

學校將贈予在個人比賽上得第二名的學生個人點數三千點，或是筆試上相當於二分的成績（選擇分數的話不可贈予他人）。

學校將贈予在個人比賽上得第三名的學生個人點數一千點，或是筆試上相當於一分的成績

（選擇分數的話不可贈予他人）。

在個人比賽上得最後一名的學生會被扣除個人點數一千點（持有點數未滿一千點時，筆試上會被扣一分）。

・關於違規事項。

請熟讀，並遵守各項比賽規則。違規者會受到等同於失去比賽資格的對待。品性惡劣的學生可能受到退場處分，學校也將考慮剝奪該學生至今獲得的點數。

・最優秀學生的酬勞。

對於在所有比賽中得分最高的學生，學校將贈送個人點數十萬點。

・班級別最優秀學生的酬勞。

對在所有比賽中各年級得分最高的三名學生，學校將各贈予個人點數一萬點。

雖然這比至今為止的考試都還遜色，不過學校也好好地準備了廣泛的特別待遇，從條件嚴苛到簡單的都有。值得注意的是個人比賽酬勞的優缺點，內容加上了至今不曾聽過的項目。

「老、老師老師！這個在拿下第一、第二名時的特別待遇！獲得筆試成績是什麼意思！」

池立刻把身子往前傾，向茶柱老師尋求詳細說明。茶柱老師好像覺得這副模樣很有趣，罕見地稍微笑了笑。

「就如你所想像，池。在體育祭上每獲得獎項，就會得到可以彌補筆試的分數。你應該特別不擅長英文或數學吧？你可以隨意使用獲得的點數。想必光是持有點數，就會在下次考試上派上很大的用場。」

雖然會失去冷靜也是情有可原，不過只擅長運動的學生們也發出喜悅的尖叫。如果在體育祭上表現活躍，並且獲得分數，就可以彌補不小心不及格的時候。換句話說，這會提昇免除退學的可能性。

由成績在不及格標準附近的學生看來，這簡直就像是他們等候多時的情況。對平田他們那種資優生來說，這不是多大的恩惠，但相對的，如果不需要分數的話，只要選擇獲得個人點數就好。總之無論哪一種，它都毫無疑問是筆令人感激的酬勞。

除了笨蛋三人組以外也有不少學生對自己的學力感到不安。關於筆試，由於退學這一最大處分就近在眼前，因此這是完全無法大意的要素。

然而，這種好事當然也另有隱情。

．所有比賽結束後，學校會在各年級內合計分數，懲罰最後的十名學生。

懲處的詳情因各年級而異，因此須向班導確認。

這下面也寫著這般感覺非常棘手的文字。

「老師，這個懲罰是怎樣的內容呢！」

「你們一年級學生會被科處的，是下次筆試上的考試扣分。綜合成績倒數十名的學生會被扣除十分，請你們留意。至於會以什麼方式應用扣分，我會在快要筆試時再次說明，所以我不在此接受提問。另外，倒數十名學生同樣也會在筆試說明時公布。」

「咦咦咦咦咦！真假！」

換言之，假設池拿到年級中最後一名的成績，他就必須在下次筆試上拿下比及格線還多十分的成績。會變得必須迎接一場相當痛苦的考試吧。

我大略聽完說明，接著就確認起體育祭的比賽詳情。

如果要分類體育祭項目，它就會分成「全體參加」、「推派參加」兩種。全體參加——顧名思義就是班上所有學生都要參加的項目。個別比賽一百公尺賽跑也是如此，拔河等團體比賽也符合這類。

對照之下，推派參加就是班上選拔出部分學生參加的比賽。雖然上面是寫推派，但如果班上都同意的話，就算要自薦參賽也是可以，而且一人參加多項推派參加比賽也沒關係。總之，那就像是必須靠討論來決定的項目。比賽內容有借物比賽，或男女混合兩人三腳、一千兩百公尺接力賽跑等等。可以預期將有屈指可數的實力者參賽。

這場體育祭上的分數增減，是依據純粹的結果來進行，所以規則非常單純，不過是團體賽、個人賽的複合型這一點非常棘手。注意變成敵人的B班、C班是理所當然，我們也必須留意身為夥伴的A班。基本上我們要互相幫助，但為了在各年級的綜合分數上取勝，我們必須盡量靠自己班級在各項比賽上拿下前面的名次。無人島上也好，船上也好，考試的構造都無法讓人簡單應考。

「體育祭舉行的項目詳細全都如資料記載，不會有任何變更。」

「唔呃呃，這樣豈不是超難的嗎！簡直無法和國中時期相比！」

・全體參加項目

①一百公尺賽跑

②跨欄賽跑

③倒桿大賽（限男）

④投球大賽（限女）
⑤男女分組拔河
⑥障礙物賽跑
⑦兩人三腳
⑧騎馬打仗
⑨兩百公尺賽跑

・推派參加項目
⑩借物比賽
⑪四方拔河
⑫男女混合兩人三腳
⑬全年級聯合一千兩百公尺接力

上面羅列著共十三種的經典比賽項目。號碼表示比賽的舉行順序。看來大家會提出不滿，好像是因為全體都要參加的項數之多。

「一個人要比的通常都是三四項之類的耶！是說，這應該無法一天比完吧？」

「你的操心令人感激，但校方當然也有考慮。當天完全沒有聲援比賽、舞蹈、團體體操等項目。體育祭完全是互相比賽體力、運動神經的活動。」

不擅長運動者的抵抗，也都虛無縹緲地被隨意打發。

「接下來是非常重要的事。這裡有張叫參賽表的東西，參賽表上寫著所有項目的詳情。你們要自己決定以什麼順序參加各項比賽，並寫於這張參賽表上，再請身為班導的我交出去。任何一間國中都不會採用這種形式，所以我希望你們注意別弄錯。」

「說要自己決定參加順序，究竟是要決定到什麼程度呢……？」

平田提出理所當然般的疑問。因為是理所當然的問題，因此茶柱老師的回答也很迅速。

「全部。體育祭當天舉辦的所有比賽，甚至誰要在第幾組賽跑，全都要由你們商量決定。截止時間之後，無論有什麼理由都不允許替換參賽者。這就是體育祭的重要規則。提交時間是體育祭前一週到前一天下午五點為止的期間。如果超過提交的期限就會被隨機分派，還請你們留意。」

也就是說，這是場必須自己擬定計畫、思考、取勝的體育祭嗎？

參賽表的存在之於體育祭上顯然可以說是班級的命脈。

「請問我也可以提問嗎，茶柱老師？」

至今安靜聆聽的堀北如此說道，舉起了手。

「隨妳問吧，畢竟要問只能趁現在呢。」

茶柱老師看見她這副模樣，就淺淺地笑了笑。

平田和堀北都對這間學校的機制有某程度上的掌握。

他們很清楚在這階段先盡量提問，將關連至之後的發展。尤其現在不會對點數造成影響，無論有多少疑問都該預先解決。

我可以預見就算到體育祭當天才在問東問西，也無法請老師回答，或是早就已經為時已晚。

「您說在決定好的參賽表被受理的時間點就無法進行變更，不過假如當天出現缺席者會怎麼樣呢？如果是個人比賽的話，我想就會像資料記載的那樣視為缺席，但團體賽……特別像是數名學生進行的騎馬打仗，或兩人三腳這種比賽，要是缺一人的話，比賽本身就不會成立。」

「『全體參加』的比賽上，以人數不足最低所需人數的形式出現缺額，就會視為無法進行比賽，並且失去資格。如果是妳剛才說的騎馬打仗，則會無法組成一隻馬，所以應該會在少一隻馬的狀態下比賽。兩人三腳也是一樣。隊友選擇健康、強壯的人應該會比較明智呢。」

——命運共同體。也就是說，選擇運動神經優異的學生固然重要，但與健康、沒受傷的夥伴組隊，也同樣很重要吧。

「然而，作為救濟措施，這也有特例。關於體育祭焦點『推派比賽』，它是允許推出替補人選的。然而，假如可以任意推替補，參賽表的意義就會消失。說極端點，你們甚至可以說謊準備代打人員。因此，學校設有特殊條件，規定要支付點數作為代價，才會准許學生替補。」

也就是說，學校不允許不當行為，因此才讓我們支付代價嗎？

「我要對這點補充提問。就算身體不適、身受重傷，但本人如果希望上場，請問我們可以不派替補、繼續比賽嗎？還是醫生會判定終止比賽呢？」

「基本上是交給學生自主決定，因為自我管理也是出社會時不可或缺的事呢。就算在重要會議的日子發燒，也不可以輕易請假，還必須拚命故作平靜。」

總之，就算身體不適也是自己的責任，學校好像不會阻止學生參加。

「雖然這麼說，但如果狀況變得讓人無法袖手旁觀，學校再怎麼說也不得不阻止。」

「我了解了。那麼，請問替補所需點數是多少呢？」

「各項比賽都是個人點數十萬，要覺得貴還是便宜，都是你們的自由。」

「……原來如此，謝謝。」

不是付不出的金額，但也絕對不便宜。然而，根據情況不同，我們大概也必須設想自己會陷入需要替補的情況吧。

「如果沒其他人提問的話，我就要結束討論。」

老師環視教室一圈。幾名學生好像有點困惑，於是面面相覷、小聲討論，但不打算向茶柱老師進行確認。雖然不該就這麼留下疑問，可是誰也沒指出問題，提問時間就這麼結束。茶柱老師

也沒特地做出鼓勵發問般的舉止。

「下一節課要移動到第一體育館，和其他年級的各個班級碰面。以上。」

茶柱老師確認時鐘，提及班會時間還有剩餘。

「課堂時間還剩二十分鐘左右，剩餘的時間你們可以隨意使用。要閒聊、要認真商量都是自由的。」

有了老師的保證許可之後，受壓抑的寂靜氣氛一口氣爆發。

團體各自聚集起來，開始隨心所欲進行有關體育祭的討論。

往堀北身邊聚集而來的有須藤、池、山內。

「堀北，我們來商量要怎麼熬過體育祭吧。」

「贊成贊成，想個可以拿下第一名的方法嘛。」

堀北事不關己地看著男生群聚的光景，深深地嘆了口氣。

「為什麼我這裡只有這種人會過來呢……」

「真是悲哀的現實呢。」

「我完全同意。」堀北這麼說，卻好像還是想認真思考，便打開了筆記本。

「好，總之先聽聽你們的意見。」

「我我我！」

池精神飽滿地迅速舉起手。堀北拿筆尖指著他，催促他發言。

「我想要輕鬆獲勝！」

「這種事無法作為意見呢，你能別做這種低等發言嗎？」

她果斷地捨棄池的意見。哎，池的希望會被捨去實在也沒辦法。

「我有D班能取勝的方法喔。」

須藤自信滿滿地開口。

「雖然不抱期待，但我就聽你說說吧。」

「全體參賽的項目是不知道啦，但我會參加所有推派比賽。這麼一來我們就會贏。」

對運動比誰都有自信的須藤爭先恐後地主張這點。

「你的發言本身和池同學水準相同，但這方法單純卻可靠呢。你就算在班上也很出眾、運動神經優異，參加所有推派比賽也不是件壞事。因為就算同一人參加多項比賽，規則上也是沒問題的。」

我也贊成，但池他們好像心有不滿，而開口批評道：

「我們也想要參賽機會——誰教三名以內可以得到點數呢。」

「就算會降低班級獲勝的可能性？」

「哎唷，話是沒錯……該說我希望有很多機會嗎……」

「推派比賽通常都是運動神經好的出賽喔，你沒辦法啦，寬治。」

「不試試怎麼知道——搞不好我也可能偶然獲勝啊，要公平才對吧——」

「之後班級討論應該會是不可或缺的呢……」

堀北說不定可以在此說服池，但她猜想班上也會出現其他學生像池這樣想，於是便這麼說道。

然而，這次那句話卻好像刺激到須藤。

「只要會運動的，當然都會參加，這才是最重要的吧？妳太天真了，鈴音。」

我也很清楚須藤想說的話，堀北也沒對此表示反對。就算從純粹會讀書的資優生看來，像須藤這樣的學生可以在體育祭上表現活躍，才較為理想。如果須藤這種筆試上有不及格風險的學生可以拿下許多點數，那也沒話好說。

不過，要說班上所有人是不是都會贊同，就不會是那麼單純的事。因為得獎可以獲得的特殊優惠，對學力越差的學生來說越有魅力。

對經常置身在退學危機下的學生們來說，那應該是他們極度渴望的東西吧。

「我自認理解你想參加所有項目的想法，但是，即使如此我也未必就會放手支持你參加所有比賽。」

「為什麼啊？」

「因為體力並非無止盡，如果接連出賽當然會有所消耗，要連勝是很困難的。」

「就算這樣也總比交給運動白痴好吧。我就算很累也比這些人還有用。」

他瞥了包括我在內的男生們一眼，並且嗤之以鼻。池他們好像很不甘心，但也無法反駁。

「現在在此繼續話題也不會得出答案，下次班會上再決定吧。」

堀北預計不會再有進展，於是這麼說道，早早結束討論。

2

第二堂的班會安排舉行全年級的會面。

被召集到體育館的，是總人數高達四百人以上的眾多師生。

是一年至三年級被分成紅組、白組的全校學生們。

堀北有些靜不下心地張望四周。

她是在尋找在這所學校擔任學生會長的哥哥——堀北學吧。但是很尷尬，人數這麼多的話，就算知道班級，她哥哥也無法輕易映入眼簾。

而且，她好像在想自己會給哥哥帶來困擾，也因為她正在用拘謹的目光約束自己的舉止，因

此視野似乎很狹窄。

我覺得，要是她那麼喜歡哥哥，再光明正大一點就好。

可是對堀北而言，那卻比什麼都困難，應該絕對辦不到吧。回想起來，這傢伙沒主動去見過哥哥半次，完全只有對方過來接觸。

集結的學生們一坐到地上，就有數名學生往前走去。全體視線都集中了過去。

「我是三年A班的藤卷，擔任這次紅組的總指揮。」

看來並不是堀北的哥哥主持。

我本來以為他是學生會長，所以什麼都主持，但好像也不是這樣。

這麼一來，我反而很好奇他平時都在做些什麼。

「我要先給一年級生一項建議。或許有部分人會說是雞婆，但體育祭是非常重要的活動，這件事請你們謹記在心。體育祭上的經驗也必定會運用到其他機會上。今後的考試裡面，也會有許多乍看之下就像是遊戲。不過無論是哪個，都會成為賭上在學校存活與否的重要戰鬥。」

高年級生的建議令人感激，但實在也很模稜兩可。

「你們現在說不定既沒實感，也沒有幹勁。但既然都要比賽就得取勝，你們要強烈懷有這份心情。唯有這點，要當作全體共識記在心上。」

藤卷說出沉重的一句話，環視紅組所有人，接著更這麼說：

「牽涉所有年級的項目，就只有最後的一千兩百公尺接力賽跑。除此之外全都是年級別的項目。各年級現在開始集合起來，隨意去討論方針吧。」

以藤卷的話為開端，葛城率領A班成群聚集而來。

D班的樣子有點畏縮，因為大家對那菁英集團懷有緊張感。

第一學期A班的成績結果具壓倒性、旁人無法望其項背。

「雖然是以奇妙的形式一起戰鬥，但也請你們多多關照了。我想可以的話，夥伴之間能不起爭執、互相合作就好。」

「我也有同樣的心情，葛城同學。我才要請你們多多關照。」

葛城和平田在近距離互相表明今後將會合作。

從A班那方看來，和最後一名的D班聯手，原本就沒有好處。然而，要是不合作一起奮戰，夥伴之間就會互扯後腿。

這場面與其說是要像手足一般彼此信任，反而可說是為了不起爭執而締結協定。

「欸，那個人……」

池在我身旁這麼小聲嘟噥。

但我也不是不了解他會這麼嘟噥的心情。我也相同，堀北應該也是如此吧。因為這個地方有一名A班的學生顯得很突出。

然而，任何人都沒有說出口。因為這不是現在說得出口的氣氛。

「雖然我想班級都各有方針——」

不知道葛城有無發現D班這般奇怪的視線及情感，在他淡然地打算進行話題時，體育館之中嘈雜起來。

「也就是說，你不打算討論嗎？」

少女的聲音從稍遠處傳來，響徹了體育館。大家心想不知發生什麼事，視線於是聚集了過去。

聲音的主人是一年B班的一之瀨帆波。她的視線前方有一個班級左右的學生正打算離開體育館。雙手插口袋的其中一名男學生回過頭來，他是C班領袖——龍園翔。

「我可是出自善意才想離開的喔。就算我提出合作，我也不認為你們會相信我。到頭來，我們只會從一開始就在互相刺探想法吧？這樣很浪費時間。」

「原來如此～你是考慮到我們才替我們省事呀～原來如此～」

「就是這樣，妳可要感謝我。」

龍園笑了笑，就帶領C班全體學生邁步而出。

這片光景讓人確認C班的獨裁政權一絲不亂。

「欸，龍園同學。你有自信不合作就贏得這次考試嗎？」

一之瀨或許還是想和龍園合作，因此仍在讓步。

可是龍園沒有停下腳步。

「呵呵，誰知道呢。」

龍園這麼微微一笑，C班所有學生在他指示下都撤了回去。雖然D班只是在遠處看著，但輕井澤一瞬間露出愁容。那也沒辦法。她在暑假舉行的船上特別考試和C班的女生——真鍋她們起了衝突。

自那次之後，她隱瞞的「遭霸凌的過往」便暴露了出來。

然而，知道那次摩擦的，包含當事者在內，就只有我和幸村。那個幸村也不知輕井澤過去曾受霸凌，所以他也沒有特別留意。

真鍋一瞬間把視線投向D班，看著輕井澤，但也只有短暫一瞬間。她馬上就別開視線，彷彿什麼事也沒有似的跟著龍園離去。

「他們也是有辛苦之處的呢，居然和C班編在一起。」

雖然D班也沒團結一致，但與C班相比好像還比較好。這也是片讓人再次體悟到龍園握有班級一切決定權的光景。

看著這情況的葛城給了堀北建議。

「這次你們D班是夥伴，所以我才會先給予忠告。你們別小看龍園，那傢伙會邊笑著邊接近

你們，接著突然前來襲擊。要是大意的話，可會嚐到苦頭。」

「謝謝你的忠告，不過從你語氣看來，那是有經驗根據的嗎？」

「……總之我勸過你們了。」

葛城不打算深談，回到原本的位置。

「也就是說，他們早就已經開始動作了嗎？」

在我們陣營看著B班、C班的一名學生低語道。

少女獨自坐在椅子上，靜靜低垂視線，雙手握著細細的拐杖。

那是我剛才就很在意，在此也散發格外與眾不同氣質的嬌小少女說出的話。

任何人應該都看得出那名少女的腳不方便。

「她叫坂柳有栖，因身體不方便才坐在椅子上，希望你們可以理解。」

進行這項說明的不是她本人，而是葛城。

「那就是坂柳……」

她就是傳聞中在A班與葛城勢力二分的另一名領袖啊。

她的身形纖瘦得幾乎可以讓我理解她為何缺席無人島旅行，而且好像因為腳不方便，才特別坐在學校準備的椅子上。即使周遭眼光集中在她這副模樣與她拿拐杖的身影上，她本人也絲毫沒表現出在意的態度。

那頭偏短的頭髮不曉得是不是染的，是銀色的。這成了她的強烈特徵。她的膚色雪白，名字好像是有栖，具有那種會認為她是來自不可思議的國度的存在感。

「這不是超可愛的嗎……」

D班男生會這麼吵鬧也是理所當然。她的可愛、美麗又不同於櫛田或佐倉。虛幻脆弱的模樣，營造出了會想保護她的氛圍。

然而，男生們無法表現出平時那種胡亂玩笑、向對方搭話的舉止。雖然很微弱，她不知為何讓人感受到強烈的意志，這應該是她那雙大眼炯炯有神的關係吧？或許甚至讓人隱約覺得靠近的話會發生什麼壞事。

察覺受人矚目的坂柳溫柔地微笑。

「很遺憾，我無法作為戰力派上用場。所有比賽都會是不戰而敗。」

她對自己身體不好表示歉意。

「想必我給自己的班級和D班都添了麻煩，關於這件事，請讓我在最初道歉。」

「我想妳不必道歉喲，因為誰也不會追究這點。」

關於此事，以平田為始，須藤也沒對少女流露不滿。

關於這種無可奈何的事，誰也沒有苛責。

「學校也真是無情耶，如果是身體不方便，明明一開始免除考試就好。」

「就是說嘛，妳別在意。」

「謝謝你的關心。」

坂柳和之前的評價迥然不同，她非常有禮、乖巧，完全沒有我之前聽說的那種攻擊性印象。另一方面，與坂柳性格相反的葛城只瞥了這樣的她一眼，維持著老實的表情。然而，坂柳這名學生釋放的強烈存在感，不只是枴杖或椅子的關係。對什麼都不知情的池他們來說，這看起來應該只是A班、D班分開坐，但就我看來卻很一目了然。A班學生們是分開坐的，葛城和坂柳之間很明顯就像是劃了條界線。是A班裡有的派系象徵。

一開始葛城陣營感覺與坂柳勢均力敵，或是占有優勢，可是如今已經不見這點。因為雖然包含彌彥在內的數名男女生跟著葛城，但剩下的學生幾乎全都跟隨了坂柳陣營。這甚至讓人覺得她就像是在炫耀自己的勢力，而刻意做出這種狀態。

無人島考試、船上考試，坂柳本身都沒有參加。雖然沒有明白說出來，但A班也非常可能受到因為沒參加船上考試的懲罰。換句話說，儘管沒留下個人成果，她也創造出夥伴增加的情勢。

這應該不是她外表有多可愛的這種原因吧。也就是說，坂柳恐怕在我們不知道的地方順利累積實績、獲得了信任。

況且，葛城本身的失策應該也有不少影響。

雖然別班的種種內情都與我無關，但葛城基本上會使出穩健的戰略，看起來不像是會重複簡單失誤的類型，他的失策會和這名少女有關嗎？

總之，坂柳只替自己的能力不足致歉，之後沒有跡象要插嘴。

看起來就像是在觀察葛城或平田他們的行動、態度。

應該是我想太多。說不定她只是因為知道在體育祭上派不上用場，才表現得很安分。現在我知道的，就是就算思考也不會得出什麼答案。

不曉得葛城有沒有察覺她的視線，他和平田繼續對話，確認了彼此的方針。

「對了，關於與你們的合作關係，我認為維持在不要互相干擾的程度就沒問題。這樣你們不介意吧？」

「也就是說，不要深入討論參加項目的詳細嗎？」

「對，貿然公布的話也可能變成多餘的導火線。萬一消息走漏給C班或B班，我們就會懷疑D班，這應該必然會打亂合作關係。再說，分析並參考原本應該是夥伴的D班戰力也只是徒增麻煩。我們要徹底對等地互助、對等地比賽。我判斷這才穩當。」

「……或許沒錯呢。我自認很清楚這所學校難以構築信賴關係，葛城同學。而且，雖然我們作為小組是夥伴，但要彼此競爭這點也是不變的呢。」

「這樣可以嗎？」平田這麼和同學確認。沒有反對聲音。

哪班都無法突然信任對方，並且暴露出自己的一切。

既然那樣，保持適當距離比較說得過去。

堀北好像也接受這點，什麼都沒干預。

「雖然這麼說，但團體比賽中有需要事先商討的項目也是事實。關於那點，我想要之後再次舉行同樣的討論，你不介意吧？」

「嗯，我認為那樣就好。我也會和大家商量看看。」

「麻煩你了。」

兩人的對話無多餘閒聊，切題且快速，看來能順利達成協議。

「綾小路同學，你認為有什麼方法能在這場特別考試上取勝？」

另一方面，關於體育祭，堀北則打算以自己的方式指出方針。

「這次是體育祭，學校只是在考驗運動神經有無……妳不這麼想嗎？」

「基本上當然就是那樣，我也是把那理解成是按能力競爭名次的考試。如果要說除去運動神經之外還會影響結果的，應該就是運氣了吧。」

「運氣啊。」

這不像是她會說出口的話，但或許確實也有那一方面。

「那不同於讀書，競爭對手是隨機挑選。以要素而言，影響非常大。」

事實上，體育祭的結果應該有受編組影響的層面。就算堀北通常可以戰勝八成對手，但要是

她抽中剩下的兩成強敵，就會輸掉比賽。反過來說，即使是只有一成希望獲勝的運動白痴，但如果碰上更差的運動白痴，說不定就會獲勝。

「但我追求的不是那種不確定要素，是某種可靠的辦法——那種就算擁有優異運動神經為基礎，也不會只得靠運氣的辦法。無人島、船上特別考試上有無限可能性……現在我這麼想，所以這次也一定——」

這是至今嚴重失誤、失態的關係嗎？我看得出來現在的堀北對勝利的執著更加強烈。

「欸，妳認為這次和無人島或船上的考試大有不同的是什麼？」

「……不同？我認為同樣都是特別考試呢。」

「我不否定確實相似，但校方絕對不會承認它們相同吧。」

「我不懂你說的意思呢。這是因為我們和A班有合作關係嗎？但船上也舉行了讓我們與各班組隊的費解團體賽……」

「不是這樣，說起來大前提就不一樣。」

堀北對於我一點一點透漏的說話方式表示焦躁，但我還是說出了自己發現的事。

「關於這一場體育祭，校方一句話也沒說是『特別考試』。雖然我們一年級自作主張地這麼說，但包含茶柱老師在內，其他老師也全都只說是體育祭。三年級的藤卷也是這樣。發下的資料也沒有『特別考試』的文字。」

與其說堀北沒發現，不如說她好像對此沒什麼特別想法。

「就算這樣，那又會是什麼？點數增減、機制都和特別考試幾乎相同。」

「的確。內容的意義上沒差異，可是本質並不相同。例如，雖然定期舉行的筆試可以使出買賣分數等等的小花招，但原則上還是相當考驗我們的實力。就和筆試一樣，我們應該把這場體育祭視為基本上也是在考驗體力或判斷力。就算使出笨拙的小花招，對大局也沒影響。不，學校設定成無法使小手段。我認為抱著單純的心情上前挑戰的班級，才會發揮真正的價值。」

當然，小動作不是沒辦法做，也不是沒有做的意義。

然而，體育祭要是開始的話，實質上就不可能改變大局吧。

這就像是——就算筆試前後有手段可使，但考試中辦得到的事是很有限的。

「這次體育祭的要點，就是正式比賽前好好準備，然後在正式比賽上留下結果，僅只如此。Simple is best。」

「我想說的就是正式賽前的那些準備，我想讓D班確實地取勝。」

「不對耶，妳想做的不是準備，是尋找戰略或者鑽漏洞。」

「我不太清楚……其中的差異。」

「所謂的準備，就好比是誰要以什麼順序參賽，或是掌握別班某人的運動神經好壞，看清對手會以什麼順序出場，以及不流出己方消息，諸如此類。戰略、鑽漏洞則指比賽前讓某人缺席，

或讓人中途退賽。總之，妳應該是想要強力的一擊吧？」

堀北至今都是以正面進攻法戰鬥，接著一路敗北。她會變得這麼想也是很自然的發展。

為了不讓對手在體育祭上搶先而想使出手段，是很普通的事情。

話雖如此，如果有這麼輕易出手，那誰都不用辛苦。

「意思就是說，我們必須徹底以正面進攻來比賽取勝？」

不管堀北接下來選擇的答案是哪一個，我都打算不予肯定或否定。

這是因為取勝戰略不只有一種，通常都是表裡一體構成。

無論是無人島、船上考試，還是體育祭皆是如此。

既可以藉「正面進攻」取勝，也可以藉「鑽漏洞」取勝。

總之，選擇適合那個人的戰鬥方式是很重要的。

這傢伙現在還不屬於表或裡，處於正要選擇哪一方的階段。

如果把葛城、一之瀨說成是表，我、龍園說成是裡，這傢伙會選擇哪邊呢？

我了解堀北目前被「陰招」所敗，並想轉向那方的心情。

話雖如此，但正因為這次體育祭上非常難使出「陰招」，我才會說出這些忠告。

「要怎麼想就看妳。堀北，妳認為現在D班擁有的優勢是什麼？」

「……多虧B班和C班發生爭執，我們可能會在有利的情況下進行，是這樣嗎？」

我一瞬間也想過要隨便聽聽，但還是改變了想法。

堀北鈴音一路孤獨走來，視野相對壓倒性地狹隘。

「妳為了取勝而打算增廣見識，可是妳的眼光還是很狹窄吧？」

「你是在說，我小看了拒絕和B班聯手的龍園同學嗎？他拒絕合作，所以我認為這毫無疑問是樂觀要素。」

「妳真的這麼想？」

「……之後龍園同學和一之瀨同學和解、合作，就可能性來說也是有的。一之瀨同學應該也不喜歡龍園同學，但如果是為了贏的話，她大概會捨棄情感和他合作吧。可是，現階段高興不行嗎？不過是把它當作好素材之一，應該也不錯吧？」

「我就是指那一點眼光狹窄呢。」

「這說法真讓人不高興呢，那你說你又看見了什麼？」

「你至今都看見了龍園的什麼？那傢伙不會放棄對於取勝的思考。嘴上隨便說說，但他總是會策劃取勝戰略，再採取行動。然而，他目前突然拒絕與B班聯手，又是為什麼呢？妳認為他真的什麼想法都沒有就放棄合作嗎？」

「拒絕的理由……？像是B班和C班早已在背地裡合作？」

雖然也有必要事先這麼想，不過重要的是更不同的方向。

「現在該想像的不是他和B班的關係如何。也就是說，他已經想到取勝戰略的可能性很高。若非如此，放棄討論就不會有好處。因為就算說謊，和B班討論理應也會有所收穫。」

「這種事情——我認為可能性很低呢。」

「如果發生地震或火災的可能性很低，就不必以備萬一了嗎？妳好像不懂事先為緊急時做準備，是很基本且重要的。」

「那是……」

假如不會發生不測是最好，但要是從最初的時間點就放棄這點，要應對緊急時刻就會為時已晚。

「起碼我認為龍園目前手上有一種以上的取勝策略。」

「但是……若是這樣就很異常。我們才剛得知體育祭的事，哪談得上什麼取勝……」

「所以妳應該有必要理解那份異常。何謂正面進攻？所謂鑽漏洞有什麼是可以考慮的？以及有什麼方法『防患未然』？要不要試著拚命絞盡腦汁思考這些事呢？為了升上A班，這種事就是必要的吧？」

如果可以往龍園現在是否獲得取勝策略去想，就自然而然地可以鎖定出答案。

當然，像是從須藤的打架事件到船上的考試——那是看穿了龍園的這些戰略或者思路才看得見的事情。現在的堀北還看不出來嗎？

「算了，妳就試著做出各種掙扎。我會先做好足以幫妳的失態擦屁股的準備。」

「你可不可以別擅自以我會失敗當作前提？」

我有點期待現在的堀北究竟能想到哪一步。

3

那天即使課程結束，我也繼續獨留教室。

窗外傳來學生們努力進行社團活動的聲音。雖然體育祭將至，大家也各自有事情要做，不吝於每日的鍛鍊。

我把耳機接到手機上，打開剛才收到的檔案，確認狀況。

「原來如此啊……」

這樣我就了解大略情況了。

我本來在想如果必要的話，還得動兩三個手腳，但好像不需要了。

了解情況進行得極為順利，我便決定回去宿舍。

「你居然留到這麼晚啊，綾小路。」

我在通往正門的半路上碰見拿著水管灑水的茶柱老師。

「或許是這樣吧。您是值日生嗎？」

「差不多。正確來說，只是這一帶是我的管轄。」

她這麼說完，就以熟習的動作繼續灑水。

「社會人士和小孩不同，各方面上都很忙碌，尤其是體育祭近在眼前的這個時期呢。是說，你今天怎麼了？我還是頭一次看見你放學後獨自閒晃。」

「有點小題大作了吧。」

「針對體育祭做的準備都已經萬全了嗎？」

「我覺得您在最近的班會已經大致了解這件事了，不對嗎？」

關於平田、堀北，包含須藤在內的方針或作戰，一切都已經傳到茶柱老師耳裡。

「我還在想是你的話，會不會策劃什麼奇特的點子或作戰呢。」

「什麼也沒有喔。」

「什麼也沒有？我想你也很清楚——」

茶柱老師這麼說道，打算提起那件事，但一看見我的眼神就作罷了。

就算在這種地方說多餘的話，誰也不會得到好處。

「我沒忘記老師您之前說過的話，但要怎麼做是我的自由吧。」

「確實如你所說。我不應該做多餘的干涉，但現在不是悠哉的時候也是事實。要是沒理由袒護你，我就會放生你。因為這份工作也不是簡單到區區一名老師就可以扛住壓力呢。如果你沒表現出值得讓我袒護你的成果，我可是會很傷腦筋。」

那種擅自的期待可不關我的事。我對於日漸受侵蝕的日常生活感到焦躁，決定離開這個場合。如果這個老師不提出多餘的事，照理我可以不必被捲進麻煩情況就了事。

不……這只是遲早的問題也說不定。

「先告辭了。」

「嗯，路上小心。」

我在老師的擔心之下走過這段僅數百公尺的歸途，回到了宿舍。

高度育成高級中學學生基本資料　　時間7/1

姓名	金田悟 Kaneda Satoru
班級	一年C班
學號	S01T004662
社團	美術社
生日	1月9日

評價

學力	B
智力	C+
判斷力	C
體育能力	D-
團隊合作能力	C

面試官的評語

性格沉著的學生。儘管鮮少流露感情起伏也是缺點，但我想對他可以客觀看待事物的這點予以正面評價。學力比全國平均還高也很具魅力，期待他今後可以磨練自己的不足之處。

導師紀錄

在班上是很會讀書的學生，因此我希望他可以拉其他學生一把。

D班的方針

我們開始針對一個月後舉行的體育祭進行正式準備。學校通知每週一次兩小時的班會可以自由使用，時間運用方式交給班級判斷。

針對正式比賽，一開始必須先決定的有兩件事情——要如何決定全體參加競賽項目的出場順序，以及推派比賽要由誰出賽什麼項目。

那兩件事的決定，將給勝負帶來重大影響，是很顯而易見的吧。

班級領袖般的存在——平田，在此比任何人都率先展開行動。茶柱老師不發一語，像在騰出講台似的移往教室最後方。她大概打算守望我們的情況吧。

「我們要開始針對體育祭採取行動，但我覺得在開始練習之前，有幾件事情要決定好。我認為重要的是如何決定參賽順序，及推薦競賽的人選。」

「就算說要決定，但我們是要怎麼決定啊？」

就須藤立場看來，我們將開始進行令他不太愉快的討論。

「嗯，比如全體參賽的情況——」

與其口頭說明，平田好像為了讓內容更好理解，而緊握著粉筆，開始在黑板上記錄文字。這部分讓他很像是個可靠的男人。

黑板寫著「舉手」和「能力」兩個項目。平田一邊說明，一邊往下補寫。

「雖然很粗略，但我認為基本上就是這兩種方式。逐一詢問每項比賽的希望參賽順序的舉手制，以及鑑別各個學生的能力，謀求效率化的能力制。應該就是這其中一種了吧。我認為各有優缺點。舉手制的優點，當然就是因為會實現各自希望的順序，所以可以開心地參加呢。缺點就是如果希望的出賽順序重疊，就會無法按照各人所想，比賽上就會出現不一致的情況吧。」

如果採用可以讓大家任意以希望順序參賽的方式，就一定會變成那樣吧。

然而，那可以大幅降低大家的心理障礙。

「接著是能力制。它非常簡單，是為了能力強的人取勝，而去安排最佳的配置。優點就是比舉手制更可以期待高勝率，但這樣會只偏重於強者，其他人的勝率就會降低，而且無視大家各自的想法也令人擔憂。基本上，我想推派比賽也可以說是同理。我粗略稍微思考過了，可是如果有這兩種以外的點子，我很歡迎各位試著提出意見。」

平田大略做完了說明。無法理解口頭講解的學生們，也因為平田在黑板上寫了詳細內容，漸漸了解了各個方式的好壞層面。大部分學生自己的想法，應該都符合平田敘述的那兩個方案。沒出現什麼新方案。

「怎麼想都應該依能力決定吧。我自己最清楚自己了。」

須藤好像完全不打算選擇那以外的選項，於是這麼斷言。

「要是我贏的話，班上獲勝的可能性也會有所提昇，這麼一來，大家都會舉雙手歡呼。」

雖然他的說法很雜亂無章，卻也有一番道理。

因為要在體育祭上獲勝，以最大限度活用須藤的優異體育能力，將會是不可或缺的要素。

「哎……雖然讓人很不爽，但或許就是這樣呢。」

須藤的話絕不是不合情理，女生對此贊同似的嘟噥道。

男生就像是在附和那些話一樣，也開始出現推戴須藤的聲音。

「我不太擅長運動。全體參加競賽就不說了，如果須藤願意一手包辦推派競賽，要我表示贊成也是可以。」

對幸村這種專門擅長在學力的學生來說，體育性質活動算是他不擅長的領域。

「那就這麼決定了吧，我會參加所有的推派競賽。」

須藤斬釘截鐵地說道。學生們對此表示贊成。他一口氣拉攏了不擅長運動的學生，以及把班級勝利擺在最優先的學生層。

「假如大家覺得那個方針好，關於推派比賽就以這個方向——」

「等一下。」

正當提案要通過之時——

「我有補充建議。」

平時維持緘默的堀北這麼說道，插入了平田的話裡。

班上多數學生也對這出乎意料的發言人集中了注意力。

「如果要在兩個提案之中做選擇，就像須藤同學所說，我們應該選擇能力制。到這裡為止我沒有異議，但如果只有那樣，也無法保證我們就確實贏得了別班。」

「當然是這樣。」

「既然如此，應該讓班上運動神經好的優先參加喜好的推派比賽就自然不用說，全體參加的競賽同樣也要以能取勝的最佳組合參賽，才能以最大限度發揮出潛能。簡單來說，跑得快的應該和跑得慢的組隊。」

總之，就是如果是腳程快的平田和須藤，就要調整不讓這兩人湊成一組。那在取勝上當然也是其中一種選項。

然而，那也同時是完全捨棄弱者的無情選擇。

「等一下。那種作戰代表會降低我們獲勝的可能性，對吧？」

名為篠原的女學生最先如此反駁道。

無論如何都要取得上段名次，就必須讓弱小的對手碰上強者。

反之也必然會成立，因此弱小的學生獲勝的可能性就會變得極低。

「我無法接受呢。如果因為不擅長運動，就要讓我和厲害的人決勝負，那我就絕對贏不了。到第三名都有特殊優待，所以我不想放棄那個可能性。」

「沒辦法，那是為了班級。」

「我知道那是為了班級……但我也不想失去個人點數。」

「班上如果能勝利，就會有相對的巨大回報。妳對這點感到不滿嗎？」

「得獎可以獲得的考試成績很重要。要我放棄不是很不公平嗎？」

「我了解妳會那麼想的心情，但這也很可笑呢。只要妳平時就有先讀好書，打從一開始就可以不必依賴那種特別優待的分數。再說，假如妳有拿到前三名的可能性，就算不得獎也沒問題吧。那原本就不是憑妳的運動能力就能輕易獲獎的簡單比賽吧？」

兩方都做出主張，表現得互不退讓。尤其堀北活用了優勢，強硬地嚴加指責。

「不是誰都像妳一樣腦筋聰明，別把我和妳混為一談。」

「讀書是每天的累積，希望妳別在這點上面找藉口。」

「就是說嘛、就是說嘛。」不少支持堀北的聲音響遍教室。

堀北只求效率的意見，博得了以須藤為頭的運動神經優異的學生，或是想爬上A班的學生及不擅運動學生的好感。

篠原有點不甘心，但也快要失去鬥志。恐怕也有學生像篠原那樣認為自己可以滑壘進入三名以內吧。如果被安排和須藤那些厲害的學生在一起，或是在騎馬打仗、兩人三腳上和運動白痴組隊的話，將遠離頒獎台也是事實。

「給我適可而止，篠原。妳要是害我們輸掉，妳負得起責任嗎？啊？」

「這……唔……」

運動神經好的人們會在體育祭上獨占舞台。

須藤在學力上被視為最不需要的人物，卻在此發出了強烈光芒，掌握著權限。

堀北和須藤提倡的能力至上方案很可靠，不會輕易瓦解。

篠原已經沒體力反擊。討論開始急速進入最後階段。

「和腦筋差的人說話真麻煩……你簡直就像對現在的情況不感興趣呢，如果有閒工夫悠哉滑手機，要不要來想想取勝的辦法？」

「交給妳或平田就可以放心了吧。」

我關掉手機畫面，把它收到口袋裡。

討論已達成協議——在我這麼想的時候——

「啊——我可以說句話嗎？我可是反對的。就像篠原說的那樣，為什麼其他學生就要遭遇不幸？這樣班級就可以團結一致戰鬥嗎？」

輕井澤這麼說，擁護篠原似的瞪著堀北。

「團結一致就是這麼回事，妳懂嗎？」

「我完全不懂，不太清楚呢。欸，櫛田同學，妳怎麼想？」

輕井澤向「難得」安靜守望情況的櫛田搭話。

櫛田的模樣有點吃驚，但她還是立刻沉思，一面做出發言。

「這問題真是困難。我認為哪一方的心情我都明白。我和堀北同學一樣希望班級獲勝，但也像篠原同學說的，我也想留下所有人都可以獲勝的可能性。」

她邊這麼說，邊繼續說下去。

「如果有解決方案，選擇能體諒兩者意見的形式，就會是最理想的呢。像是拿下第一名的人，和拿下最後一名的人都能同意的方案。」

她如此答完，班級裡就傳出許多贊同聲。

堀北應該已經設想到這種發展以及類似的發言，立刻這麼回擊。

「我當然有在思考雙方都接受的方法。就是把拿到上段名次，感覺不需要考試分數的學生獲得的個人點數，和最後一名學生失去的點數相抵。全班分攤點數增減。這樣妳應該就沒話說了吧？」

這計畫降低獲勝可能，但彌補了輸掉時的風險。這樣的話，反對派應該也會產生一定的認同

感。話雖如此，但年級綜合成績不佳的十名學生就會遭遇不幸。

「嗯，那樣就可以了吧。你們再怎麼偷懶也不會有損失。」

「一群沒出息的傢伙。」須藤嗤之以鼻地說。

「但那只有點數而已吧？這樣不是會減少獲獎可能性嗎？大家怎麼看？」

輕井澤就算碰到這種情況也提出異議。

接著向屬於輕井澤派的女生們搭話。

「……如果輕井澤同學反對，那我也就反對吧。」

以團體立場跟隨輕井澤的女生們開始接連揭起反旗。

「妳們是笨蛋嗎？因為她反對，所以妳們也反對？這一點也不具邏輯性。這是考試，擬定能有效率獲勝的戰略是理所當然。別班絕對不會存在像妳們這樣的愚者。」

「那種事情妳怎麼知道？實際上就是我不願意，而且也有其他女生同樣不願意，所以妳也考慮一下那些人嘛。如果無法公平決定比賽的話，我是不會同意的。」

輕井澤統籌女生，發言深具影響力，阻斷了班級朝堀北提倡的把班級勝利放優先的計畫發展情勢。

「兩位冷靜。意見無法統合的話，只能採多數表決。」

變成這種發展應該也是必然。平田打算改善膠著狀態，於是這麼開口道：

「我認為這裡應該採用公平投票表決的方式解決。」

「如果洋介同學這麼說，我就贊成——」

「……嗯，就我的立場而言，我也認為現在不是班上起糾紛的時候。總之我提出了異議，期待你們做出正確的判斷。」

堀北一臉不滿地坐下，瞪向我這邊。

「綾小路同學，你能不能讓她閉嘴？」

「我怎麼可能讓她閉嘴。」

「你最近有接觸過輕井澤同學吧？她不是因此才得意忘形的嗎？」

「不，輕井澤本來就是那種人吧？」

「的確。」堀北好像也同意這點，於是如此輕聲說道。

然而，對於不提出根據的輕井澤，或因為情感改變意見的女生，她無法完全掩飾心中焦躁。

「那麼，摻雜堀北同學方案的『徹底重視能力』指揮，以及符合輕井澤同學意見的『也可以酌情採納個人主張』之指揮。就以舉手表決哪一方比較好吧？如果有人兩方都難以決定，我想我們也接受不投票。」

堀北的方案是為班級獲勝，只優待上段陣容。

輕井澤的方案是尊重個人，也照顧所有人。

偏向這之中的哪一方，可能會為班級前途及考試帶來影響。

不過，我對這種事情一點興趣也沒有……

「那麼，首先是贊成堀北提案的人。」

「嗯，我當然贊成堀北的提案。理由很單純，就是為了勝利。讓運動神經好的傢伙多出場、多贏比賽，這樣不就好了嗎？」

須藤率先舉起手。幸村或佐倉等，對運動神經沒自信的學生附和似的也表示贊同。另一方面，雖然敵不過上段陣容，但還算是可以運動的學生，或者是輕井澤小組都沒舉起手。

「是十六票呢。謝謝，可以把手放下了。」

要把人數理解成是多或少，應該就要視有多少人不投票而定。

「欸，綾小路同學。你不會要贊成輕井澤同學的提議吧？」

堀北當然有發現我沒舉手，而指出這點。

「放心吧。我是避事主義者那種不投票派。」

「……既然這樣，你也可以參與我的提議吧？」

「妳的計畫未必就是正義吧？」

「我不能理解呢。機率上，選擇班級獲勝的選項，最後可以得到的個人點數也比較多。就算在一個個小比賽上獲勝，能拿到的點數也是小數目。你若說這是錯的，我還真希望你可以告訴我

明確理由。」

「我沒說那是錯的吧？我只是在說答案不只那個。」

為擊潰強敵而被編排的「砲灰學生」將得不到任何點數，就這麼結束體育祭。算了，那點小事堀北也很清楚吧。她不過是把那些人理解成是為了往上爬的必要犧牲。

「也就是說，其他學生並不像妳一樣，可以只看準未來。」

「那麼，接下來是輕井澤同學的複合方案。認為該贏時就要贏，該開心時就要開心比較好的，我希望你們舉起手。」

輕井澤那團以外的學生也零星舉起手來。數量只有幾票。不過，因為輕井澤舉起手，女生紛紛贊同地跟隨了她的腳步。

然而——

「……多數表決的結果……堀北同學的方案是十六票，輕井澤同學的方案是十三票。剩下的就是棄權不投票，可以嗎？」

計票沒被提出異議，於是就這麼結束。輕井澤蒐集的大部分選票，與其說是同學針對內容投出的一票，反而可以說都是從支持者那裡得來。與其說輕井澤之所以輸是大家對她信賴度低，不如說純粹是因為大家都清楚堀北的方案才實際且效率吧。

D班方針決定成要為班級獲勝而行動，而不是為了個人。

「…………」

既然輕井澤也贊成多數表決，她也就不會在此表露不滿。

「就這麼決定了，輕井澤同學。那麼，平田同學，之後就交給你。」

換個角度想，輕井澤也是不得不以這個草案為基礎選擇取勝方式。

當然，我也不覺得班上選了不好的選項。說起來，運動神經差的，本來就不會率先說出自己想參加這個、想參加那個了。

推派名額必然會集中在如須藤或平田那些運動神經好的傢伙身上吧。

「那麼，有關推派比賽的出場數目——」

「我要參加所有比賽，假如有人反駁，我隨時接受直接對決。」

須藤如此強力宣言，說出他打從一開始就沒改變的方針。

而且，他好像打算制伏所有心懷不滿的學生。雖然發言過於強勢，但似乎效果拔群，沒有人提出不平不滿。

這原本就是要集中優秀學生，所以須藤是第一候選就猶如確定事項。

「我也會盡量參加多一點比賽。」

自報姓名的果然是堀北。輕井澤稍微僵住了表情，與附近女生講起悄悄話。她是在說些什麼壞話嗎？

接著，我們同時進行自薦、推派，一個接一個決定了上段參賽者。

然而，所有比賽沒那麼簡單就填滿，我們大約只填了所有比賽的三分之一。所有比賽上都有如宣言說要全部參加的須藤，其他許多比賽上則以堀北、平田為始，還有像是櫛田或小野寺等運動神經優異的學生們。剩下的名額仍然是空白的。

「喂，高圓寺。你不幫忙喔？」

須藤瞪著從這場討論開始就不發一語的男人，同時這麼說道。那是因為須藤本身認同他擁有與自己同等，或高於自己的潛能。

假如高圓寺認真參與，起碼會在個人比賽上保證有前面的排名。

「你剛才也沒舉手，對吧？」

「我沒興趣，你們就隨意進行吧。」

「你別開玩笑。」

「我沒在開什麼玩笑，我沒理由被你強迫。不過，就算你有權力強迫我，我也不打算聽你說呢。」

換句話說，不管怎麼樣，高圓寺都不打算改變自己的想法。

「我想，我們還不必在此決定一切喲，須藤同學。高圓寺同學應該也有擅長和不擅長的事情，勉強邀請未必就是正確的喲。」

平田一面替高圓寺圓場，一面催促須藤冷靜下來。

「至少今天的討論上可以決定的，就是班級方針，以及個人想參加比賽的意思。之後再好好決定就可以了吧。」

討論因為這項發言迎接了結束。

然而，說不定有一部分的學生會覺得這討論令人難以理解。

他們會心想，為什麼輕井澤會不斷反對堀北的提案呢？她本身的運動能力也算可以。照理來說，堀北的所有人同甘共苦並取勝的計畫絕不是壞點子。但有幾個人感受到，我就不清楚了。

1

一放學，我就抽空把新寫的郵件寄給某人，接著立刻對打算回宿舍的輕井澤使眼色。不，那並不是使眼色那麼了不起的事。

我只是想找時機偷看她，但視線卻偶然被她察覺。

然而，輕井澤好像當然沒理解我的意圖，她帶兩個女性朋友出了教室。不直接聯絡的話，她果然也不可能會懂吧。

我拿起書包，一如往常獨自做完回家準備，晚了輕井澤大約一分鐘之後出了教室。

「欸。」

在我正要下樓梯，走向玄關之時，被不知為何獨自一人的輕井澤叫住。

「妳不是回去了嗎？」

「我本來是想回去，但覺得你有話要說，於是就等了你。不是這樣嗎？」

我不禁對這發言感到吃驚。

「算是吧。」

「算了，我也有話想說。可以讓我簡單提問嗎？」

「請說。」我催促輕井澤說出。

「關於你寄給我的郵件，我想先問問它的真正用意。」

她說完就打開手機，讓我看見郵件。那裡這麼寫著——

『不管要以什麼理由，都去反駁堀北的意見。屆時詢求櫛田的意見。』

那是我在課堂中對輕井澤指示的內容。

「以即興發揮來說，妳帶話題的方式很不錯呢。虧妳可以在那種狀況下反駁。」

「真的。要說我會選擇哪方的話，我會贊成堀北同學的意見。而且，我也不太懂你為什麼要

我拋話給櫛田同學。所以，那些指示的意思是什麼？」

「妳要是在意我做的每件事的意義，那可會沒完沒了。再說，就算受到妳要求，我也未必就會回答。妳了解那代表著什麼嗎？」

「代表著要我不問理由、乖乖服從指示。我知道了啦。」

「就是這樣。」

輕井澤很明事理，沒繼續向我尋求答案。

「那麼，除此之外就告訴我一件事吧。雖然你剛才沒有舉手，不過你認為哪方才是正確的？」

「我只能說兩者都正確。因為要著重在哪裡，是端看當事人呢。」

「那應該不成回答吧？結果你還是沒回答你怎麼想。」

「很不巧，我基本上沒有『一定要選擇哪方』的那種思考方式。」

「……什麼意思嘛，我不太懂。你想做什麼呀？你的目的純粹是要讓班上混亂嗎？還是說，你是認真覺得D班可以升上A班？」

「至少堀北是這麼堅信的吧。」

「不是那樣。」輕井澤一邊嘆氣，一邊瞪了過來。

「我要問的不是堀北同學的想法，我希望你也該告訴我，你正在觀察的事情及目的了。」

「我想想。要說有什麼可以告訴妳，就是我對升上A班沒興趣。我只是開始覺得，讓班上變

成足以升上A班的班級也不錯。」

「那什麼意思嘛，我連有什麼差別都不懂，而且你到底有多高高在上啊。」

既要請茶柱老師出面，同時也不要讓我露臉，這會是比較好的選項。

「現在就算用說的，妳也不會相信，而且我也無從證明。所以，我會事先布下幾個為了讓妳相信的防線。這次的體育祭上D班會出現叛徒，然後那傢伙應該會把D班的內部資訊全都洩漏給外人。」

「欸……啥？你是說認真的嗎！」

「要是時候到了，妳應該也會相信——相信我正在觀察的事情、相信我觀察得到的事情。」

「你就具體告訴我是怎麼回事嘛。」

「現在說了也是白說。不過，如果那個時刻到來，我就會說出一切。妳現在先走吧，這裡太引人注目了。」

「不用你說，我也會這麼做。要是被人看見我和你這種陰沉的人待在一起，我的存在價值就會降低。不過……萬一出現叛徒，應該也會沒事吧。」

「嗯，為此我已經布好了局。」

我這麼說完，就亮出手機給她看。就算是輕井澤，她也不會知道那是什麼吧。

輕井澤露出了不服氣的表情，但總之還是下了樓梯。我目送她，接著嘆了口氣。D班的方針大致上已固定，而我所構想的作戰也是。

哎呀，身為夥伴的A班在描繪出怎樣的作戰呢？

考慮到葛城的性格，他大概會使出穩健的戰略吧……

坂柳的存在不用說是對白組，對D班而言也是塊很好的素材。

比如說，假設有個逃生裝置只能救一人，陷入絕境的只有健全人士與殘障者兩人好了。在那個狀況下，健全人士沒必要對殘障者說「你身體不方便，所以請你使用」並讓出逃生裝置。就算對方是無法抵抗的殘障者，即使要上前毆打對方，也只要把裝置搶過來就好。人作為個體誕生、作為個體生存，有這種理所當然的權力。我們會稱此為緊急避難，排除掉其違法性。

因為那裡既沒有公平，也沒有不公平。

就算坂柳不被允許運動，對手也完全不必放水。

「話說回來……」

正因輕井澤擁有很重大的過去，她比我想像中更擅長揣測人的動靜或是情感。

重要的是不讓周圍這麼想的部分，我會給她很高的分數。

我再次感受到自己得到意想不到的收穫，心裡備感滿足，決定回去宿舍。

2

到體育祭之前，除了要決定參賽者，其他要做的事情也是堆積如山。

大部分都占了為體育祭順利進行的準備。我們反覆進行像是班級列隊進場、比賽進場到退場的練習。到了體育課，時間多半都會分給自由活動，准許學生各自投身於想練習的項目。

「我借來嘍。」

隔天的體育課，平田向學校申請，弄來了握力測量器。

受採用的堀北方案，是以能力優先順序，輕而易舉地集中對力量有自信者的作戰。雖然方式很簡單，但以基準來說，應該會充分發揮作用。

尤其男生參加的比賽裡，也有不少項目需要純粹的力量。

「我們依序進行吧。就來測量慣用手的握力。各位只要口頭告訴我測出的結果，我就會記錄下去。我借來了兩台，請各位有效率地測量，別浪費時間喲。」

他這麼說完，就打算遞給站在自己左右方的本堂和幸村各一台測量器。

他應該是判斷要順時針、逆時針依序測量下去吧。

然而，對此不高興的須藤，強行奪走了測量器。

「就由我開始，平田。先由我測量，大家就可以知道高標準的數值。」

我搞不太懂他的歪理，只知道他是想誇耀自己的力量。

「呃——……那麼，另一名麻煩就從須藤同學隔壁的外村同學開始吧。」

因為位置被強行更動，所以他重新隔出開始的位置。

「看著喔，綾小路。這就是引領班級的男人的力量。」

須藤自信滿滿地笑著，公開了他身為最有希望獲勝者的蠻幹實力。

「唔啊啊！」

須藤充滿氣勢，顫抖著肩膀，同時右手緊握著測量器。電子數值不斷往上昇，眨眼就超過了五十，昇至六十、七十。

數值最後顯示的，是八十二點四公斤。周圍瞬間變得鬧哄哄。

「這力量也太扯了吧！」

「嘿，因為我平時就有在鍛鍊。這是當然。喂，你也來測啦，高圓寺。」

他就像在挑釁一般炫耀自己的數值，同時打算把它遞給高圓寺。

「我沒興趣，你們就無視我吧。」

高圓寺打磨指甲，呼地吹了指尖。

「你怕輸給我嗎？算了，看見這個數字也是難怪。」

須藤做了這般粗劣的挑釁，但高圓寺好像完全不打算回應，連看都不看。

「嘖……喂，綾小路。」

因為我在須藤隔壁，他便強行把握力測量器塞給了我。

「不，我之後再測就好。」

「啥？別連你都給我開玩笑，照順序測啦。」

雖然我很不想被強奪別人測量器的須藤這麼說，但如果照理進行，下一個確實是輪到了我。

但真沒想到我居然會是第二個測的……我非常了解須藤八十二點四公斤這數值算很高，不過高一生平均會是多少呢。

過去我握過好幾百、好幾千次測量器，可是我沒聽說過同年紀的平均數值。因為我都只專心在記錄自己呢。

「欸，須藤。高中生平均大概多少啊？」

「啊？不知道啦，六十左右吧？」

「六十啊……」

我握下收到的握力測量器，讓自己的眼睛看得見螢幕那側。握力強度不與手臂粗度成正比。當然不是不相關，但重要的是位在下臂叫作肱橈肌、橈側腕屈肌的肌束。就構造上來說，我們的下臂肌肉會收縮，拉動肌腱彎曲手指，因此藉由鍛鍊那些肌束，便可提昇握力。換句話說，只要有一定的肌肉量，依訓練方式而定，要超越一百公斤也是有可能的。

當然，為此專心一意地去握，此長期訓練就會成為必要。

我對把手緩緩出力，並且握了下去，在超過四十四附近開始進行微調。超越五十五之後，我又更進一步調整，把調整固定在稍微超過六十的地方。

「……不行，我沒辦法繼續握了。」

我這麼說，就放開測量器，把它交給了池。

接著走向平田身邊去報告。

「六十點六。」

我這麼淡然地匯報。

「咦……綾小路同學，你滿有力的耶。」

平田佩服地往我這裡回頭，露出笑容。

「咦？不，但那大概是平均值吧。那是那麼顯著的數值嗎？」

「平均值應該更低吧。我覺得大概是四十五，最多也是五十左右吧。」

「平田──我是四十二點六。你額外送我一些，算我五十嘛──」

池過來報告。這可不是稍微額外加碼的要求。

平田一邊苦笑，但還是在筆記本上精準記上了四十二點六。外村是四十二，下一名前來的宮本則是四十八，確實有許多結果低於五十。

「這樣啊……原來六十偏高啊……」

看來我向須藤那種人確認全國平均值似乎是錯的。那傢伙也不可能知道每件小事吧。

我本來想穩健地定在中間值，避免參加比賽，這還真是大失算。

這樣下去，說不定我會必須參加部分推派比賽。

到頭來，除去高圓寺，我在班上成了第二名。真是失策。接下來第三名是平田，五十七點九。這個全能的男人，在此果然也展現了穩定的成績。

另一方面，打算在體育祭上引領所有人的須藤，對於同學沒出息的結果掩飾不住氣餒的情緒。

「我們班真靠不住耶……除了我以外的簡直都像垃圾。第二名是綾小路，這跟完蛋也沒什麼兩樣。」

就算是事實，能在當事人旁邊說出這點，也是須藤的厲害之處。

男生全體測量完畢後，這次那個測量器也傳給了女生。女生和男生一樣，有需要力量的共通比賽，所以這也是當然的吧。

平田以統計結果為基礎，填下推派比賽的名額，在筆記本上做整理。

「拔河、四方拔河，純粹按測量器數值的順序就可以了吧。須藤同學、綾小路同學、三宅同學，還有我。」

「欸，我很好奇耶。那個四方拔河是什麼啊？我可沒聽過。」

「我原本也不知道，所以有試著調查。它就如字面那樣，好像是在四個方位互相拔河。是四個班級選出各四人，共計十六人同時互相拔河的比賽呢。」

它不同於只憑力氣拉就好的拔河，策略似乎很重要。

平田把四方拔河的參賽者寫入筆記本。

「欸——平田，我們已經沒機會了嗎！」

「沒這種事喲。例如，我想像是借物比賽，與其說是考驗運動神經，不如說是考驗運氣。」

「你說運氣，那我們要怎麼決定啊？」

「Simple is best，猜拳決定就可以了吧？」

我覺得這作風很不像是認真的平田，不過，這或許出乎意料是很合理的提案。

即使在人生中，運氣這種要素也意外重要。雖然它是不確定的要素，但人的生存之道也會因為運氣影響，而有一百八十度改變的可能性。

既有人即使有才能一生也都是普通職員，也有人就算無能也飛黃騰達，當上社長。

那也正是牽涉到運氣這種要素的證據。

當然，通常都是除此之外的事情才是主要因素。

若是決定體育祭借物比賽參賽者這種程度，靠猜拳應該就很足夠了吧。

我們分成幾個人一組，來鎖定參賽人選。我當然是不希望參加的人。我一心祈禱自己會輸，但還是在第一輪猜拳戰中獲勝。我接著更強烈地祈禱自己會輸，挑戰了第二輪猜拳（事實上是決賽），但依然漂亮地拿下了勝利。男生三名，女生則選出了兩名。我們決定由猜拳勝出的五名學生出場。

「是綾小路同學、幸村同學、外村同學、森同學，及前園同學這五人，對吧。」

最後決定是由加上須藤的六人參加借物比賽。

「呼呼！在、在下被選去參加借物比賽了是也！呼呼！」

博士以快要口吐白沫的氣勢表示心中絕望。

「為什麼我會出石頭咧——呼呼。」

「哎，不過這點我很贊同……」

這種時候該說是運氣好還是不好呢？應該絕對算是不好吧……

「真羨慕耶——」

池很羨慕獲勝的人們。

人對運氣的見解也是各有不同，所以很有趣。哎呀，真的是這樣……

我很想說「那我讓你」，但那句話或許會引起批評，所以我還是作罷了。

像博士那種不想出賽的學生看起來也表示了不滿。

此時，儘管錯綜著各種思緒，比賽名額也依然確實填妥了。

「完成了。」

決定完所有比賽各個學生的出場順序後，平田就傳下筆記。

平田看見班上恢復冷靜，就鬆了口氣。

然而，這完全是暫定的東西，依照今後的練習，或是別班的資訊，應該也會出現大幅更換的部分。

「現在定下的資訊非常重要，是我們不想被別班知道的部分，所以能不能請各位只把自己的順序，及隊友筆記下來就好呢？請各位別用拍照等方式留下紀錄喔。」

平田希望萬無一失。這顧慮很恰當吧。要是漫不經心在手機上記錄筆記概要，也不知道會在什麼地方傳遍。筆記傳下去給每個人看。

堀北對看著班上情況的我說道：

「你怎麼了，綾小路同學？表情還真老實。」

「因為我決定要參加好幾個沒打算參加的推派，心情也是會變得沉重啊。」

「沒辦法呢，這個班會運動與不會運動的學生差距懸殊。」

「的確。」

推派參加經過一番激論，各項分配比例已經決定完畢。在男生之中，出場壓倒性多的人果然

是須藤。他參加了所有的項目，令人會想擔心他的體力。女生以堀北為首，決定由幾名學生參賽三個項目。另一方面，我也是不幸重重，變得要出賽兩個項目。

當然，這完全不是正式決定，而是暫定，因此如果正式比賽前出現了勝任者，大概也有可能替換吧。

屆時我打算乾脆地讓出。不，是一定要讓出。

高度育成高級中學學生基本資料 時間7/1

姓名	戶塚彌彥 Totsuka Yahiko
班級	一年A班
學號	S01T004681
社團	無
生日	5月12日

評價

項目	評價
學力	C
智力	C
判斷力	D
體育能力	D
團隊合作能力	B

面試官的評語

不是留下出眾成績的學生，可是擁有連優秀指導者都會欽佩他的傾向。我們判斷他擁有一定的處世之道。

導師紀錄

仰慕班上同學葛城，也受同學愛戴。目前也沒有特別的問題行為。

各有所思

我們決定下次班會開始，針對正式比賽進行自主性練習。

大家在休息時間各自換上體育運動衫，出了操場。

「唔哇，你們看一下那個。」

池露出明顯的厭惡表情盯著校舍。這時，教室有學生露出了臉。

而且還不是一個人，我們看見好幾個。

「那邊是B班的人吧？他們好快就在偵察了呢——」

直到體育祭為止的期間，推算別班的運動能力，應該也是任何人都會走的必經之路。

「隔壁的A班也在看我們耶。」

不分敵我地事先掌握戰力不是件壞事。如果在操場之類的顯眼之處練習，受到監視也可以說是理所當然。不過，假如為了在此不被識破實力而放水，結果也會連結至減少針對正式比賽的練習機會。

「他們馬上就開始偵察了呢。」

換好衣服前來的堀北，好像也立刻發現這好奇的視線。

然而，令人在意的是C班。雖然教室裡有人的動靜，卻沒任何人看過來。

簡直就像在說D班誰要參加哪個比賽都與自己無關。

「你很在意龍園同學嗎？」

「算是吧，有點。」

「再怎麼說，我也不覺得他沒想到要偵察，他甚至拒絕和B班合作。應該是沒打算認真擬定戰略。」

堀北說完，就立刻說句「好啦」，接著看著我的眼睛，繼續說下去：

「要是沒被你勸告，我會那麼想。其他學生也一定會那麼想吧。」

堀北更進一步看著努力練習的D班學生，如此說道：

「你以前說過，龍園同學已經想到取勝戰略。也就是那可能化為現實，對嗎？代表他連偵察都不用了吧？」

堀北臉上已無之前我在體育館見過的樂觀之情。不如說，明顯看得出她正感到困惑。

「不管是誰都會想要別班的資訊。照理來說，應該都會非常想知道誰的運動神經好、誰會出場哪場比賽。他卻完全沒表現出那種舉止。」

對，這正是龍園藏著計策的證據。

「重點在於——別在知道『龍園正在想策略』的時間點就感到滿足。」

「……這什麼意思？」

「通常人想到作戰或是密技時，都會盡量不讓對手識破，可是那傢伙正大光明地不偵察，甚至也沒打算隱藏那部分。」

「像在炫耀般正大光明呢。」

接著，如果能思考到那代表什麼，同時也就看得出那傢伙的思維模式。

這點，目前的堀北又看得到什麼程度呢？

「我還真想問問你的那個洞察力，或者該說是觀察力，是哪裡學來的呢。我是因為被你禁止才刻意不問的。」

這說話方式實在是很挖苦，很有堀北的風格。當然，就算她再怎麼進攻，我也是什麼都不會說。

「鈴音，可以打擾一下嗎？」

遲了點過來的須藤對思考中的堀北搭話。堀北暫時中斷思考，有點焦躁地對須藤這麼說。她好像也有別的在意的事。

「我一再警告過你，可以別直呼我的名字嗎？」

「為什麼啊？被這麼叫會有什麼困擾之處嗎？」

「困擾可大了，我不想讓一點也不親密的人直呼名字。」

她完全不在乎須藤的心情，如此一刀兩斷地說道：

「就算我直接表示不高興，你還是要用名字來叫我的話，那我也差不多要採取必要的處置了。」

這表達實在讓人恐懼。可以的話，我還真不想聽見詳細內容。

須藤應該非常希望直呼她的名字，但要是被堀北討厭，就是賠了夫人又折兵。

然而，須藤好像是想到什麼，而這麼說道：

「那麼，要是這次體育祭上，D班裡我表現最活躍的話……到時候妳就正式允許我叫妳的名字吧。」

哦？就須藤來說，他還真是說出一個卑微保守的願望。

但即使如此，堀北是不是會坦然接受，就不得而知了。

「你要努力是讓人很高興的事，但為什麼我就非得回應呢？」

堀北似乎想都沒想過須藤會對自己懷有好感。

對照之下，須藤打算如何回答呢？

「……入學沒多久時，妳不是救過我嗎？所以，我在想要好好和妳成為情……不對，是先當個朋友。這就是為此的一個步驟。」

「我無法理解呢。那也不是需要特地宣言執行的事情。不過好吧，假如你最活躍的話，到時我就允許你用名字稱呼我。不過，你別滿足於班級內，你要在整個年級裡拿第一名給我看。」

堀北這麼說，對須藤砸下最高門檻。然而，那在某種意義上，對須藤來說或許也是幫助他的好素材。他完全沒表現出懼怕的模樣。

「好耶，一言為定。我在年級裡成為第一名的話，就要讓我那麼叫妳。」

「不過，結果出爐前不可以。還有，假如你在整個年級裡沒拿到第一名，我就要永遠禁止你叫我的名字。你要抱著這份覺悟比賽。」

「好、好的。」

雖然被塞了非常嚴苛的難題，須藤還是氣勢滿滿地點頭答道。

只不過，可能性絕對不算是很低。就我至今看過的別班學生，須藤的潛能毫無疑問屬於頂級。個人項目上看上去幾乎沒問題。

唯一感覺抗衡得了他的高圓寺也沒幹勁，所以應該沒問題吧。

剩下的，就是他在需要合作的比賽上可以增加多少紀錄了吧。

1

我們在室內簡單做完確認，就開始進行為了看出真正資質的練習。也因為平田的方針，他雖然沒督促同學強迫參加，但大家好像都有團結一致的目標，參加率幾乎是百分之九十，只有高圓寺或博士等部分同學辭退參加便了事。

「哈嗚、啊嗚、呼……」

剛才其中一個女生以最後一名抵達終點後，就以快倒下的氣勢雙手撐膝。

「辛苦了，佐倉。妳拚命跑完了呢。」

「啊，綾小路同學。哈呼……」

佐倉平時不擅長運動，不太屬於會積極參與這種事情的女生。不過，最近她卻認真致力於課程，努力想成為班級一分子。

無奈她運動神經不佳，因此沒有帶來結果。

「喂！走嘍！」

另一方面，須藤平時只表現得很不認真，但現在不管是誰都很注意他的存在感。他先在班上狠狠誇下海口，無法以沒出息的結果告終。

然而，這種事情也以杞人憂天作結。須藤好像因為備受矚目，而發揮出超常能力，以旁人無從望其項背的速度抵達了終點。班上應該沒人可以與他交鋒。

「不愧是須藤同學。你不管做什麼在班上都是第一，真是厲害！」

面對跑完一百公尺的須藤，櫛田稍微跳起，同時表示敬意。

「嘿，還好啦。話是這麼說，但要是那傢伙有跑的話，就不知道結果會是如何了。」

須藤一面怒瞪一面回頭，他看著的是對課程完全不關心的高圓寺。

「話說回來，我還真沒見過高圓寺認真跑步的模樣耶——」

他在之前的游泳課上，曾經對上須藤認真游過一次。當時他游出須藤之上的秒數。我們從那件事也可以清楚高圓寺的潛能很高。

可是，高圓寺是只要不自己決定去做，就完全不會行動的男人。這次體育祭基本上採用我們可以自己思考、發揮的方針，因此高圓寺就真的什麼也都不做了。

「哎呀，不過你真的很厲害喲，這次體育祭的領袖就是須藤同學了吧！」

「領袖？我……？」

須藤再次被她這麼說，便有些驚愣地指著自己。

「這點我也贊成喔。因為體育祭正是擅長運動的學生的機會。如果是須藤同學的話，我想非常有那份資格。可以的話，就算是為了大家，能不能請你接下來呢？」

做著紀錄的平田，像在同意櫛田似的也這麼說道。體育祭需要強力領導者。雖然平田也很有那種資質，但他好像判斷表現卓越的須藤會更好。

「話是這麼說，但我也不是當領袖的料……」

須藤平時基本上都是獨行俠，或是跟少數人一起行動。他有點困惑。

他不由自主把視線投向附近的堀北，尋求了意見。

「理論上，你不是能教導他人事物的類型。就指導者來說，平田同學應該會比較優秀吧。不過，只要看見你剛才的跑步表現或是其他紀錄，就會知道你是可以在眾人注目下綻放光芒的人。要引領班級，恐怕也需要強硬的力量。我不打算反對你出面當領袖。」

堀北沒予以肯定，但也沒有否定。換言之，就是她認可了須藤。堀北並不是迷迷糊糊在參加練習，好像有好好看出擁有才能的學生。

「……好啦。這次體育祭，我會把D班引領至勝利。」

該說須藤是被愛情沖昏頭嗎？他為了回應堀北的期待，表現出接受的態度。

「你別隨便得意忘形，因為之後可會嚐到報應。」

堀北也像是在說給自己聽地這麼向須藤忠告，接著為了繼續練習而離開。

須藤紅著雙頰，注視著她的背影，接著輕輕握起拳頭。

2

須藤馬上就作為領袖開始活動。他隔日就召集學生，開始進行指導。領袖須藤的首日工作，好像就是傳授拔河的訣竅。我在稍遠處眺望那個情況。

「你們白白使出太多力氣了啦，而且拉力完全都不強。這樣的話，可以贏的比賽都沒辦法贏了。」

須藤這麼說完，好像是打算實踐給他們看，而握住偏短的繩子。他對上的是池和山內兩人。他好像打算二對一。雖然兩人估計再怎麼樣也贏得了他，但比賽一開始，須藤便以壓倒性力量把繩子拉了過去。

兩人在須藤一人面前兩三下就被打敗，坐到地板上。

「看，這就是你們完全沒出力的證據。」

「我搞不懂……欸，須藤，這有像是訣竅之類的東西嗎？」

「力量固然重要，但這種不光是手臂，也要使用腰部喔，使用腰部。」

儘管須藤的語氣很沒禮貌，但也在對各個學生正式指導。

「欸，須藤同學。待會兒也可以幫忙我們看一下這邊嗎？騎馬打仗進行得不太順利呢。」

「等一下，我馬上就過去。」

也因為有許多學生不擅長運動，所以有不少徵詢須藤意見的聲音。

沒想到女生也向他尋求了意見，老實說我對此相當驚訝。

「真是出乎意料地認真在做呢。」

「畢竟他是第一次被周圍仰賴，領袖性質的職務應該意外地很適合他。」

基本上受人依賴，誰都不會覺得不愉快。

如果是像須藤那種一路孤獨走來的學生，就更是如此了。

「就我的立場而言，假如他不會『那樣』的話，要我誇獎他也是無妨……」

「那樣？」當我打算這麼回問，附近便響起斥責的聲音。

「我都說不是那樣了！」

須藤踢了操場上的泥土，對池他們揚起沙塵。

「唔哇！呸呸！別這樣啦！」

堀北看見那場景，就嘆了口氣。馬上就動手動腳，的確是個問題呢。

指導者必須好好理解自己和對方有根本上的不同。

另一方面，採用溫柔教導方式的，則是平時的領袖——平田。他在等待須藤指導的女生身邊，針對騎馬打仗，先為了打造牢固基底，而徹底檢查了位置或是輕鬆的姿勢。

「嗯，我覺得非常好，但妳們不會覺得有點不自在嗎？」

「的確……肩膀好像也有點痛。」

「稍微改變一下位置吧。我覺得大概只要移動幾公分就會不一樣了。」

「哦——真的耶，輕鬆多了。謝謝你，平田同學。」

「也來幫一下這裡，平田。」

別的騎馬打仗小組也向他尋求幫助，平田以笑容應對。

「妳要不要也去教女生？」

堀北的運動神經在班上也屬於頂尖，有各種能力可以投入指導那方。

「我沒意思教。說起來也不會有人想跟我學吧。」

她威風凜凜地一口咬定這不值得驕傲的事，接著獨自做起暖身。

「我要讓自己確實地拿出成果就已經竭盡全力。倒是你有閒工夫不慌不忙嗎？如果你有自信不管和誰比賽都能贏，那倒是沒關係。」

「我完全沒自信。」

「我想也是呢，畢竟你的成績總是很平凡，都是跑得既不快也不慢的不起眼成績。」

「妳又知道了。」

「我認為自己算是對同學的實力有所掌握。」

體育課似乎也被她好好觀察了一番。

「我就姑且問問……你有像考試成績那樣放水嗎？」

「你覺得我會做那種白費力氣的事嗎？」

「一半一半吧，所以是怎麼樣？」

「抱歉，辜負妳一半的期待，但平時的結果就是我的實力。」

「換句話說，就是不好也不壞。無法期待好成果。」

「就是這樣。」

「既然如此，你就必須立刻努力練習呢。」

「短期練習就會進步，我們就不必辛苦了。那就像是讀書那樣，是無法臨時抱佛腳的。」

身體能力只有經過每天的累積才會提昇。

「我認為，就算只是著重在可以靠技巧彌補的比賽，也會有所改變。就算只是記住握繩方式、騎馬打仗的組合方式，照說來說也會成為戰力。」

「……或許吧。」

她巧妙地以言語確實地包圍住打算蹺掉練習的我。

沒辦法，我現在就去進行變得必須參加的推派比賽的練習吧。

「……欸。」

堀北又前來和受到催促而打算移動的我搭話。

「嗯？」

「決定體育祭勝敗的是各班體育能力。那是正確的吧？」

「這可是體育祭喔。體育能力就是關鍵，這是再清楚不過的吧。」

「是啊……但是，那種想法僅限於我自己戰鬥時。若只要追求自己的成績，我有自信可以留下成果。不過，最近我開始有點搞不清楚了。我在想，只提高自己本身能力的話，是不是會無法達到A班。」

不像她的軟弱發言。這就是至今考試上的失誤，有多麼刺激她的證據吧。

「那我問妳，要怎麼做才能在體育祭上留下成果？才能升上A班？」

我這麼反問，堀北突然說不出話來。

她只望了過來，眼神彷彿在訴說——我就是不知道這點才問你。

「我們應該及時行樂吧？這可是難得的體育祭，忘了考試、享受玩樂也是一招。」

我像要岔開話題般地這麼說。

「你和我約好會幫忙了吧？你說會為了升上A班幫忙。」

「我有在幫吧。」

我像要展示自己身體似的微微張開手。

「我會參加體育祭，那就是幫忙。」

「……你認真的？」

「妳也說過吧，說決定體育祭勝敗的是體育能力。那是正確的。」

「可是……我想說的是除此之外的要素呢。」

換句話說，就是除了體育能力之外，可以左右結果的某種要素。

「那麼體育祭當天，妳要讓C班或B班那些人肚子痛缺席嗎？那樣就會是完全的勝利。我們會以壓倒性的大幅差距取勝喔。」

「你別開玩笑了。」

「妳希望我回答的就是那種內容吧？這次體育祭是應該從正面挑戰的課題。貿然搞小動作會有反效果，我們應該提昇各自的能力，在比賽上制伏對手。」

確實，校方會觀察這點也很明確。

「不過，如果要對妳的想法硬做補充的話，那就是光只有體育能力強也不行呢。」

「……也就是說呢？還需要其他的什麼？」

「妳可能馬上就會知道答案。」

我把視線投向往這邊走過來的人。

「堀北同學，兩人三腳的練習下一個就是妳了喲。」

「知道了。」

堀北被呼喚而走了過去。看來堀北搭上的是小野寺。

小野寺是隸屬游泳社的人，據說好像也是滿厲害的短距離游泳選手。

體育祭裡重要的就是各自的能力，以及與同學之間的合作。

堀北究竟會不會順利進行練習呢？

堀北和小野寺互相結繩。女生們的五小組以實戰形式開跑。就綜合值來說的話，堀北和小野寺搭檔大概是最好的吧。不過結果是未知的。她們絕不算慢，但也不算快，結果以第三名之形式通過終點。

順帶一提，時間跑最久的是佐倉和井之頭那一對運動白痴。她們壓倒性地慢。受班上期待的堀北、小野寺隊伍，對彼此都不認可的結果挑戰了兩三次，時間卻沒有進步。

「那兩個人滿慢的耶。」

正因為備受矚目，旁觀的須藤便意外地如此說道。

「是啊。」

兩人跑完回來，就立刻解開繩子，彼此面對面。

「欸，堀北同學，妳能再稍微配合我一點嗎？」

小野寺有些焦躁地這麼說道。

「節奏確實沒對上呢。那並不是我的錯，而是因為妳跑得慢。」

「什……」

「配合跑得快的那方的節奏理所當然吧？要我特地緩下時間妥協妳還真是奇怪。」

也就是說，我擔心的發展這麼快就已經發生了吧。

小野寺根本不可能輕易配合得了逕自想以最快速度奔馳的堀北。

「那麼，我們也來跑吧，綾小路同學。」

「了解。」

我沒閒工夫幫助或是嘲笑正與人起糾紛的堀北。我也是第一次跑兩人三腳。

「總之，我們先跑跑看，接著再修正不好的地方吧。」

我像在遵從平田的指示般點點頭，接著互相綁住腳。該說這比我想像得還不自在嗎，是種被奪去自由的感覺。而且，雖然說我們都是男生，但距離靠得太近，我還是有點害羞。

再說，又尤其對象是集中女生目光的平田。

「那麼，要走嘍。第一步先試著用彼此綁住的腳來走吧。」

我點點頭，等待平田的腳移動，然後像在配合他似的邁出步伐。

接著，這次則以相同的節奏，跨出可以自由移動的那隻外側的腳。

「……感覺好突兀。」

「是啊，但我們要不要在跑步期間也配合對方的呼吸呢？要稍微跑一下嘍。」

我配合說完就稍微提昇速度的平田往前跑。

是說，雖然說是跑步，但速度也是快步走的程度。

「嗯，對對對，感覺不錯。」

這大概是誰都能配合的速度，但是他讚美方式很好，因此我也很容易跑。習慣之後，我發現這出乎意料地簡單。好好了解對方的速度，然後只要對方也能掌握自己的速度，就可以順暢地邁出下一步。

「不愧是平田同學！好快！」

女生傳來高亢的加油聲。我們簡單地跑一圈回來，便解開了繩子。

「對象是你感覺非常好跑耶。我們再練習幾次，然後在正式比賽上加油吧。」

嗯——他還真爽朗。而且他結束練習後也沒休息，而是去給其他學生建議。這就是優秀男人平田的日常吧。

3

九月中。距離體育祭已剩不到兩個星期。堀北或須藤他們針對正式練習每天都很努力。雖然須藤完全沒讀書，但唯有運動，他卻踏實、孜孜不倦地反覆練習。正因為他平時就在籃球社鍛鍊精神力，因此非常有毅力。在學生中也有人偷懶的情況下，須藤沒對自己的實力感到驕傲地精進自我。

可以做的就要徹底做好。那應該就是體育祭上需要的最低限度準備。

尤其像騎馬打仗或拔河這種競賽，是與對手的直接對決。

勝負也可能因陣形或作戰而大幅改變吧。

當然，平田也沒忘記與A班之間的合作關係。他反覆定期與葛城開會，商討如何在正式比賽上戰鬥。

就至今經常遭受背叛的D班看來，這情況甚至是好到不行。

對以大局觀察那些事實的我來說，剩下的兩項課題也顯得很嚴重。

其中之一就是今後應該會成為這個班級不可或缺存在的堀北鈴音。

堀北在第一天之後換了好幾個夥伴挑戰兩人三腳，但每次都會和對方起紛爭，並且反覆解除自己的夥伴。儘管她最後決定要和配合起來時間最短的女生挑戰正式比賽，但那時間成績還是很靠不住。

她現在也已經不再以搭檔形式練習，而是獨自默默地消磨時間。

「可以打擾一下嗎？」

「幹嘛？」

好像因為在兩人三腳上不斷累積壓力，她比平時更帶刺一些。

「我想妳最好再稍微學著讓步會比較好喔。」

我一直有看她最近的練習，卻絲毫不見改善跡象。明顯是礙於堀北那過於強硬的性格。

「……那種話有好幾個人和我說過了。」

她好像想到幾件事情，一面扶額一面說道。

「我只是為了跑出最好的秒數才不容許妥協，那是不行的嗎？兩人三腳不同於一般跑步，即使是腳程慢的，理論上應該也能在某種程度上配合對方。」

「換言之，妳不打算退讓。」

「對，我不打算配合慢的人。」

「但是，結果就會變得誰也不願意和妳練習了吧？」

進行兩人三腳的練習時，堀北就會被排除在班級之外。

照這個情況下去，就算迎接正式比賽，也幾乎無法期望秒數會有進步。

「我無法理解呢，就算我要讓步，也是要等對方努力過再說。我無法配合從一開始就放棄努力的人。」

哎，我也懂堀北想說的話。她搭檔的女生們確實只要無法配合時機，就會立即提出解除搭檔。然而，那正是因為有個根本的理由。

「腳伸出來一下。」

「……你打算做什麼？」

「陪我跑一次兩人三腳吧。」

「我為什麼我要和你跑？」

「畢竟也有混男女的兩人三腳。我確認一下妳作為隊友的素質，應該也可以吧。」

「你認為你的腳程配合得上我？你會扯我後腿。」

「如果按照妳所說的理論，這應該無關乎腳程快慢吧。」

「……好吧。我來綁。」

堀北就像在說別碰我似的蹲下去，把自己的腳和我的腳綁上繩子。

由於周圍籠罩在練習氛圍，我們就算跑兩人三腳也不引人注目。而且，感覺會生氣的須藤，

也止在和其他人比模擬賽，顧不上這件事。

「那麼，要跑嘍——」

我只在最初一兩步配合堀北的感覺邁出步伐。

不過，隨著腳步加快，我就不是以堀北的速度，而是把步調拉到自己的速度。

「欸，等等！」

我面對慌亂的堀北，毫不留情地以自己的步調加快腳程。堀北拚命想追上來，但她在基礎體力或肌力上遠不及男生，因此無法掌握主導權。

「照妳所說，配合對方應該不難吧？」

「那是……我知道……！」

這傢伙也很倔強呢。堀北沒叫苦，拚命跟了過來。

我心想既然如此，於是便更進一步加快速度。

試著跑過兩人三腳就會知道，只有快速邁步是不行的。

雙方都認為是最佳速度是很重要的，要從尋找最佳步幅開始。

如果不好好做好那點，一味追求速度，跑得不協調也是必然。

「唔！」

不久，堀北變得無法完全配合步調，快要跌倒。

我抓住她的肩膀，防止她跌倒。堀北微微地上下起伏肩膀，劇烈喘息。

「在談快慢之前，就是因為妳沒觀察對方才會變成這樣。」

堀北什麼話也說不出口。我蹲下來，把她腳上的繩子解開。

「重要的是觀察對方、給對方主導權，不是嗎？」

正因為運動神經好，才必須鑑別對方的能耐、控制步調。

「剩下的妳就自己想想看。」

「我——」

我不知道堀北是否會因此察覺，而有所成長，但這顯示出一個可能性。

之後就端看她本人。

然後，還有一項課題——那便是櫛田桔梗的存在。

就把她說成是班上的幕後功臣吧。雖然她經常隱藏在平田、輕井澤的存在感之下，但在許多同學會親近她的這點之上，她大幅超越了那兩個人。現在她身邊也圍繞著男女，開心地埋頭練習。

稀有的溝通能力，加上優秀的學力、體育能力，以及受上天恩惠的外表等等，她的確也可以說是無可挑剔的女學生吧。

在某種意義上，她也是最難以想像會被編到D班的學生。

然而，我對她擁有黑暗一面略有了解。那就是入學沒多久時，她在沒人煙的屋頂上謾罵的模樣，以及她那張威脅看見該狀況的我的表情。還有，儘管我不清楚理由，但櫛田相當討厭堀北的這項事實。

但D班要往上升，解決堀北、櫛田這兩人之間的糾紛，顯然是不可或缺的課題。

而要解決那項課題，除了雙方面對面之外，就別無他法了吧。

高度育成高級中學學生基本資料　　時間7/1

姓名	石崎大地	Ishizaki Daichi
班級	一年C班	
學號	S01T004656	
社團	無	
生日	4月14日	

評　價

學力	E
智力	E
判斷力	E
體育能力	C+
團隊合作能力	C-

面試官的評語

運動能力是稍微在平均之上的程度，但我們了解他在國中裡是小有名氣的不良學生。本校認為也必須予這種學生救濟措施，促使他成長。

導師紀錄

儘管有粗暴的一面，但因為同學的力量，開始與周圍相處融洽。

在各班都開始進行偵察的情況下，D班也有進行小小的動作。

像是誰擅長什麼、誰會運動等等，任何地方的消息都是這種程度。

已經開始有許多人察覺到了，直接偵察沒什麼意義。

就算再怎麼掌握別人運動神經好壞，握有勝敗關鍵的，結果還是競賽上的對手組合。普通消息幾乎沒有價值。

因為如果不知道它的本質——「出賽表」的內容，就不會連至別班的戰略。

但反過來想，假如可以得到出賽表資訊，就會成為很大的戰略幫助。

只要可以獲得「出賽表」與「資訊」兩者，勝率就會飛躍性地提昇吧。

可是一般來想，通常這張「出賽表」是不會散布到別班手裡的。要是洩漏出去就會是自掘墳墓，因此照理來說，我們都會徹底執行資訊管理。

只是有件事……內部有顆炸彈的D班除外。

現在是體育祭的前一週。放學後，我立刻發起行動。

我對在隔壁收拾行李的堀北搭話。

「妳今天接下來稍微陪我一下。」

「要是我說不要呢？」

「當然，這是妳的自由，但就算D班迎來窘境，我也是不會負責的。」

被我單刀直入且突然威脅般地這麼說，堀北也瞬間語塞。

「……這真不是能隨便聽聽的話呢。好吧，你希望我做什麼？」

「跟我來就知道。」

我這麼說完，就直接走過尋求答案的堀北面前，向另一名目標搭話。

「櫛田，可以耽誤一下嗎？」

我走到在和班上女生閒聊的櫛田面前，如此說道。

「嗯？怎麼了，綾小路同學？」

堀北表現得有些不願意，但還是跟了過來。櫛田也瞥了她一眼。

「明天妳有安排之類的嗎？」

我決定試著邀請星期六休假的櫛田去做某件事。

「目前還沒有特別的安排喲。頂多就是在想要打掃房間。」

「如果可以的話，就算只有上午也好，能不能耽誤妳一些時間呢？」

我這麼開口。如果櫛田露出不願之色的話，我打算立刻作罷。

「好呀。」

然而，櫛田就像在拂去那些不安似的用笑容答應了我。

「不過，真難得呢，你居然會來邀我。」

「或許是這樣呢。順帶一提，堀北預計也會同行。」

「欸。」

我用手制止準備要抱怨的堀北。

「嗯，那種事我完全不介意……但你說只要上午是怎麼回事呀？」

「我想加入熟悉別班消息的妳，再次偵察對手。堀北邀請我，但我也很多事情不太清楚。」

我老實地把想法告訴櫛田。不過，只有堀北的部分是即興發揮。

既然拜託她陪同，要是不說真話，就無法完成邀約，應該也會無法讓櫛田理解自己的職責。

我話一說完，櫛田就理解地微微點了好幾次頭。

「我應該很勝任。嗯，我了解嘍。要約幾點才好呢？早一點會比較好，對吧——？」

「是啊。可以的話大概約在十點左右。沒問題嗎？」

「完全ＯＫ。那麼，明早在宿舍大廳集合嗎？」

「嗯，謝謝妳。」

櫛田好像和朋友約好一起回去，她對著在走廊等她的女生揮手，同時走出了教室。

我跟著她後頭似的打算回去，堀北卻逮住了我這樣的身影。

「你打算做什麼？我可完全沒聽說過這種事。」

「那是因為我沒和妳說。不過，偵察應該不是件壞事吧。」

「我不懂你邀我的理由。如果是偵察，你和櫛田同學就夠了吧？」

「……妳是說認真的嗎？」

「幹嘛，我可不會開玩笑說出這種話。」

看來我還不能讓堀北回去。

「這裡很顯眼，我們邊回去邊說。」

我用要丟下堀北的氣勢走向走廊。堀北上前追來，與我並肩走路。

「關於船上的考試，妳沒忘記你們小組的結果吧？」

「當然。全場一致識破Ｄ班的優待者真面目。那是很屈辱的結果呢。」

「對，最後變成通常不會成立的『結果』。那肯定有理由。」

「我也知道這點。但我不懂那是為什麼，我再怎麼想都得不出答案呢。雖然我可以推測龍園

同學摻了一腳……」

我也很清楚自己丟給她令人束手無策的難題。堀北心中恐怕也有好幾個疑問反覆浮現又消失、消失又浮現吧。

「雖然我也沒有確鑿的證據，但我已經完成會演變成那樣的一個假設。」

我這麼說完，堀北就打從心底吃驚地看我。

「你是說，你懂龍園的策略？」

「嗯。但正確來說，那不只是龍園。那個考試結果上，還有一個人深涉其中。」

我抵達玄關，從鞋櫃取出鞋子。接著出到外面，重新開始話題。

「一般去想的話，優待者的真面目是不會曝光的。妳和平田絕對不會和別人說櫛田就是優待者，對吧？」

「當然。」

「不過，櫛田本人又怎麼樣呢？假如那傢伙是有目的性在洩漏她的真面目呢？」

堀北一時之間無法理解我在說什麼吧。通常那是想都不會去想的事，所以這也是理所當然。沒有愚者會自己洩漏自己身為優待者。

「這不可能吧？這種事情……對櫛田同學沒有好處。」

「無法一概斷言沒有好處吧。例如暗中交易，像是告訴對方自己是優待者，從別班獲得個人點數。」

「就算是這樣……這可是對D班不利的行為呢。說起來，假如出現叛徒一切就完蛋了，這種賭注太危險。」

「那要看時機而定吧。讓對方相信的辦法，要多少有多少。」

「你是說，她為了獲得一時的點數而背叛同伴？」

「或許是，但也或許不是如此。理由就只有櫛田知道。」

所以，我才會為了確認真相而約出櫛田。

「妳把我和櫛田同學湊在一起……是為了要確認那個理由？」

事到如今，堀北好像也終於想到了她認為的櫛田背叛理由。

「因為妳和櫛田之間好像有不尋常的因緣呢。假如有比個人點數更值得背叛的某樣東西，就一點兒也不會不可思議。」

「怎麼樣？」我用視線確認，堀北就尷尬地別開雙眼。

「我和櫛田同學之間沒什麼因緣。」

「那麼，妳可以百分之百斷言她不會因為和妳之間的事情，而背叛班級嗎？」

「那是——」

「妳有想到什麼就該進行確認。不，如果不確認的話，可就完蛋了喔。妳應該也想像得到

吧？無論是哪場考試，如果夥伴裡出現叛徒，班上就不會有勝算。」

我知道上次、上上次的考試，以及這次的體育祭，一個背叛就會讓班級輕而易舉地崩毀。

不一會兒，我們就回到了宿舍前，搭入在一樓待命的電梯。

「明天來不來都是妳的自由，但如果打算率領班級，就要好好思考呢。」

我出電梯到自己房間位在的四樓，並且這麼對堀北說，和她告別。

1

星期六早晨。

我和聚在房裡的笨蛋三人組一起熱絡地聊著無聊話題。

當然，我大致上也有聽進那些內容。我只有偶爾附和，或插入一句話。

因為籃球社無法使用體育館，今天須藤也盡情享受了休假。

基本上，他們三人都把我晾在一旁，越聊越起勁。

他們各自帶來預先買下的泡麵，接著注入熱水，等待三分鐘。

「綾小路，你的是什麼口味啊？」

「超辣泰式酸辣。因為不太知道味道，所以就買買看。」

「看起來好好吃，跟我的鹽辛（註：一種將海鮮醃漬並發酵的食物）泡麵交換嘛——」

他把那杯畫有烏賊鹽辛插圖，且真的很神祕的泡麵推了過來。

「……我不要。」

為何要特地買那種好像不太好吃的泡麵呢？

「欸，健。你沒有預定要和堀北告白嗎？」

「啥？幹嘛突然提起？」

「哎呀，我很好奇那種事嘛。是吧，春樹？」

「是、是啊。」

山內有點尷尬地看來我這邊，並露出了假笑。因為他在暑假抱著失敗覺悟向佐倉告白，並且漂亮地失敗了呢……

「端看體育祭結果了呢。要是可以獲得正式認可，我說不定就會在那時說。」

「哦——是上次那個直呼名字的宣言吧？」

須藤就算是爭口氣也要拿下全學年第一，他彷彿在展現幹勁一般，鼓起他上臂的肌肉。

「老實說，一年級裡沒人運動神經比我好。」

「我唯一的對手——高圓寺，大概也不會認真比賽吧。」

對須藤而言，高圓寺的幹勁之缺，他應該也是喜憂參半吧。

「哎，就我立場來說，要是他可以在某程度上認真參賽，我就沒怨言了。」

「話說回來……」我對池他們提出一件我很好奇的事。

「A班有個叫坂柳的學生，對吧？一個腳不方便的女生。記得嗎？」

「是那個美少女對吧？當然記得啊。」

池得意似蹭了蹭鼻子下面，同時這麼回答。

「你有聽過那女生的八卦嗎？」

「你說八卦，是指男人之類的事情嗎？該怎麼說呢？該說那女生存在感薄弱嗎？她完全沒成為話題呢。」

山內聽著這番話好像也感到同意，他就像在替池補充似的如此答道：

「有些人說她是班級領袖，但她卻很溫馴呢。」

兩人意見好像都相同，關於坂柳好像沒有任何值得注意的消息。當我們正聊得認真，我的手機便傳來收到郵件的聲音。我在確認內容時，感受到了池和山內相當狐疑的視線。

「你啊……最近郵件有點多耶。」

「咦？哎呀，有嗎？就跟平常一樣吧？」

雖然我這麼回答，但實際上確實有增加，他們的目光越顯懷疑。

「你不會是交到女朋友了吧？」

「絕對不是，放心吧。我又不可能比你們先交到，對吧？」

「哎──你說得是沒錯啦……」

我稍微像在吹捧他們似的這麼說，兩人就恢復了溫和態度。

「綾小路不受歡迎的話題怎樣都好。比起那個，我們來聊聊關於我和鈴音之間的未來吧。」

「對了，健。你男女兩人三腳要和堀北跑，對吧？」

「嗯，我要在獻給她勝利的同時，也一口氣增加親密度──」

須藤正想開始講這種無所謂的話題，但我的手機又響了起來。

不過，這回不是郵件，而是鬧鐘。

「抱歉，我接下來有點安排。」

「什麼嘛，我才要開始講耶。算了，我會好好說給寬治和春樹聽的。」

「呃──！」

不，比起那種事，我真想請他們離開我房間……但他們沒能聽進去我這樣的期盼。我於是就這麼把三人留在我房間，獨自外出。

2

現在時間是和櫛田約定的早上十點前。那名人物先抵達了大廳。

「早安，綾小路同學。」

「哦、哦哦，早安，櫛田。」

夏天也已經要結束了，能看見櫛田穿著夏季服裝的時間也所剩無幾了吧。

我對便服打扮的櫛田有點不知所措，但還是過去與她會合。

「昨天突然做了奇怪的請求，真抱歉啊。」

「不會，一點也沒關係。我今天也沒特別安排行程。再說，這感覺有點懷念呢，所以我很開心。」

「懷念？」

「喏，第一學期考試時，你不是有請高年級生轉讓考古題嗎？我覺得好像跟當時有點類似呢。」

「是這樣嗎……？」

「嗯嗯。」

我沒有特別這麼認為，但櫛田開心地點了頭，我就當成是這樣吧。

其實帶輕井澤或佐倉走，心情上會比較輕鬆，但辦事還是要找專家。

考慮要適得其所這點，我確定拜託櫛田會是最佳選擇。

比起這些事，問題在於堀北。差不多快十點了，她卻還沒現身。難不成她逃避了與櫛田的碰面？在我開始這麼想的時候，那傢伙就過來了。

「……久等了。」

「早安，堀北同學。」

櫛田露出一如往常的笑容迎接堀北。另一方面，堀北則好像很不高興。她好像正拚命試圖隱藏心情，但就我看來她是徹底露餡了。櫛田也有察覺到吧。即使如此，她的態度仍和平常沒有半點不同。這大概就是櫛田的厲害之處。

我們三個出了宿舍，前往學校操場那一帶。

過了早上十點，操場已經有許多學生，熱鬧非凡。

「哦——他們在比賽耶——」

碰——男學生發出踢球聲。球劃出一條曲線，往門柱飛了過去。那是很漂亮的軌道，卻好像因此很好看透，守門員展現敏銳反應，用拳頭把球彈了回去。

比賽中也出現了平田的身影。隊伍好像混合一到三年級，其中也有我不認識的學生。

「偵察社團活動，並且掌握別班學生的資訊。總覺得這很像是間諜，真讓人心臟怦怦跳

呢。」

「這不是那麼出色的事情呢。能獲得的資訊非常有限。」

「可是，堀北同學不這麼想，對吧？」

「先得到資訊是再好不過的呢，我們也不知道什麼會成為關鍵。」

「或許如此呢——不過你還真親切耶，綾小路同學。居然會為了堀北同學而幫忙她。」

「她之後會很囉唆，沒辦法。」

「虧你在本人面前說得出口呢。」

我無視她本人那句恐怖發言，凝視著操場。

足球社的人要踢角球了，他們緩步移動位置，互爭自己該站的位置。比賽不久就要重新開始，並且發展成激烈的競爭吧。就算是我們，也靜靜地深深感受到比賽馬上就要重新開始。雖然櫛田笑盈盈的，但我對這奇妙的三人狀態感受到了突兀感。意外的是，櫛田居然展開了行動。

「決定今天邀請我的是綾小路同學，對吧？」

「妳為什麼這麼想？」

「因為我不覺得堀北同學會邀我呢。」

櫛田保持笑容，稍微看了看堀北，又把視線移回我身上。

「為什麼不覺得堀北會邀妳？」

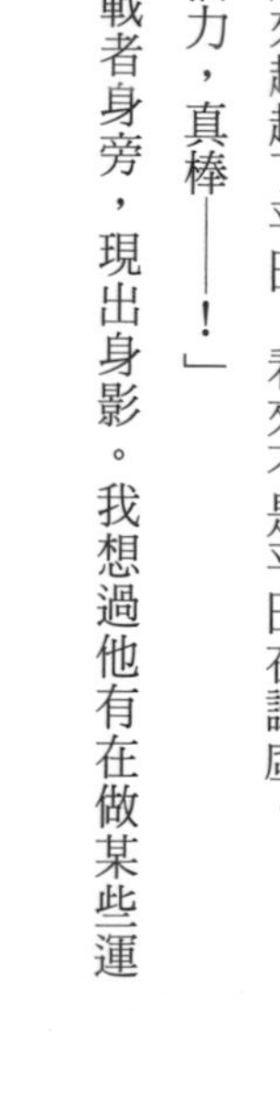

「啊哈哈，你那樣有點壞喲，綾小路同學。你知道我和堀北同學關係不好吧？」

有關那點，這是因為我已經知道，所以櫛田才沒有隱瞞地這麼說。

堀北也沒否定，默默地聽著。

「老實說，該說我現在都還無法相信嗎？有方面是半信半疑。」

從角落踢出的球，飛到在門柱附近等候的夥伴身邊。

巧妙配合傳球的人物是平田。不過，瞄準射門會被對手緊盯，因此他不勉強自己，把球傳給其他夥伴。該對象是我見過的B班學生。他在最完美的時機踢出一擊，漂亮地射進了球門。

「柴田是足球社的啊。」

「嗯，平田常常稱讚他喲，說他比自己厲害。他們好像很要好。」

櫛田不愧消息靈通，連這種事情好像都聽說了。比賽重新開始後，球又集向了柴田，他以迅速的動作在對手陣地裡四處奔跑。

「腳程也相當快耶。」

這和平田同等……不，光論速度的話，他看起來超越了平田。看來不是平田在謙虛。

「哦——在比賽了、在比賽了。今天也很有活力，真棒——！」

穿著社團制服的高個子男生經過我們這些觀戰者身旁，現出身影。我想過他有在做某些運動，原來是足球啊。

「南雲學長，早安。」

在我隔壁的櫛田好像認識他，於是向他搭話。另一方面，堀北對南雲這名字也表示出些許反應。因為他是下一屆學生會長候選人，似乎也和她哥哥一樣都是很有實力的人。

「哦？我記得妳叫小桔梗。居然假日和男孩子約會，不錯嘛——」

「啊哈哈，不是那樣啦……我們是因為有點好奇才過來看看的。」

「慢慢看吧。我們的社員都不懂得放水，所以我認為在估測戰力上會很完美喲。」

南雲單眼眨了眨眼，就這樣前往操場的球場上會合。

看來他好像看穿了我們的想法。

因為南雲的會合，以平田為始，足球社的氣氛為之一變。

「我們學校是可以兼任學生會和社團活動的嗎？」

「似乎沒有禁止，不過他現在好像已經退社了。可是就算辭退了，他也是最優秀的，所以好像還是會像這樣露臉練習，進行各種指導喲。」

「你可以直接上場嗎，南雲？」

「喔。我睡過頭，就順便跑步過來，身體已經暖起來了。」

南雲和一名學生替換。比賽再次開始後，球和人馬上就開始聚到南雲身邊。因為他就是如此值得依賴的夥伴，同時也是應該去戒備的敵人吧。他好像進了與平田、柴田相反的隊伍。情況的變化，就如南雲的表現一般亮眼。平田為了搶球，對南雲挑起了對決。他的動作應該和剛才一樣靈活才對，卻被南雲彷彿逗嬰兒似的華麗閃過、超前。

隨後，柴田衝撞南雲，南雲便摻雜好幾個假動作迷惑對手，接著超了過去。我想，他們兩個都是相當厲害的實力者，但南雲的層次不一樣。

他獨自更進一步超前，然後從中距離踢出了強力射擊。球劃出甚至讓人感到恐怖的曲線，超越了守門員的預測，三兩下就進了球門。

「也就是說他別名下屆學生會長，可不是浪得虛名。」

「……只論運動神經的話是這樣呢。」

堀北好像沒打算坦率認可我們仍看不清全貌的南雲。

我和堀北這麼互動，也一邊偷看著櫛田注視比賽的側臉，窺伺她的表情。她一如往常地笑咪咪，絲毫沒露出真面目。

「被你用這樣的眼神盯著，我也很傷腦筋呢——」

櫛田彷彿看透了我的想法，和我對上目光，笑了出來。

「我答應妳之後不會再過問，所以，妳能不能告訴我一件事情？」

我在當事者們的面前，刻意踏入不可踏入的領域。

「妳和堀北交惡的原因，是在於在哪方啊？」

我更進一步補充了一句。

「真是狡猾的說法呢，說什麼『不會再問，所以告訴我』。」

這是心理上的誘導，櫛田是連這點都了解之後才去理解我的問題。

「你真的只能問這件事了喲。」

「嗯，我答應妳。」

既然討厭對方，回答是對方不好理所當然。但是——

「問題在於我喲。」

櫛田再次把視線移回足球社的比賽上，同時如此乾脆地答道。

是辜負我預想的回答。

她斷定是自己不對，卻還是討厭堀北。那也算是某種矛盾。

我認為自己算比較會觀察人，可是我還是看不透櫛田。而且，我也變得有點搞不懂堀北。堀北從一開始就發現自己被櫛田討厭，卻沒打算和我說那件事。現在也沒有改變。然而，就櫛田的語氣來看，堀北說不定也知道自己被櫛田討厭的原因。可是就算我問堀北，她也不打算說出任何有關櫛田的事。這是為什麼呢？

哪方都不說出詳情，代表基本上那一定是她們不願讓人知道的事。

「算了，我開始覺得光想都是浪費時間了。」

「啊哈哈，對呀。現在偵察蒐集消息才是最優先的吧？」

「也是……」

「啊，順帶一提，現在帶球的是C班的園田同學。他的腳程相當快呢。」

隸屬足球社的學生果然都很敏捷。班上可能抗衡的就只有須藤和平田，在純粹的勝負上，我們的情勢好像很不利。

「不過，堀北同學也有好好地在替班級著想……我覺得很開心呢。」

「畢竟為了升上A班，我打算做必要的事情。沒辦法呢。」

「我也必須更加努力，變得可以為大家貢獻才行呢。」

我在她話中絲毫感受不到謙虛之意。

我們看了一會兒練習後，結束比賽的選手們開始各自休息。南雲便趁機叫了平田，向他搭話。他好像告訴平田我們剛才在觀戰，平田於是往我們這裡靠了過來。

「三位早安。你們居然會來這種地方，真是稀奇呢。」

遠遠看著我們互動的柴田也跑了過來，我們變成了很奇妙的五人組。

「小桔梗早安，還有——我記得你們是綾小路和小堀北。身邊環繞兩位美女，你們是在約會嗎——？」

「不，不是那樣。」

我和柴田見過面，但沒想到他居然好好記住了我的名字。

我覺得有點開心，拚命抑制自己嘴角快要上揚的表情。

「今天怎麼了呀？真是罕見的組合呢。」

我很感謝平田沒有胡思亂想，同時決定正大光明地說出實情。

「我們在偵察。是來設定別班需要提防的目標學生。」

「哦！那麼，你們有好好把我這個快速柴田超人標記起來了嗎？」

柴田當場敏捷地踏步，表現自己的腳程有多快。完全不打算隱瞞自己實力的這份開朗，不曉得是因為他隸屬一之瀨率領的Ｂ班，還是因為他生性就是如此。

「柴田同學就和傳聞中一樣腳程很快呢，我和綾小路同學都忍不住吃驚了。」

柴田受到可愛女孩的稱讚，有點開心地用食指蹭了蹭鼻子下方。

「柴田同學可是很需要提防的呢。他在Ｂ班裡也跑最快。就算是我，我也不想跟他跑同一組呢。」

「就算你說那種話，我也不會大意喔，洋介。因為你的腳程也很快呢。綾小路，你呢？」

「當你知道我是回家社的時候，就要推測到那點了。」

「說得也是。」柴田雙手抱胸，笑了出來。

大致上觀察完足球社的練習，我們就離開了那個地方。

我們決定四處看看其他社團活動。話雖如此，但這完全只是場面話。真正想知道、真正該知道的事情在於別處。我做好事前準備。至於這兩人在這狀況下會怎麼想，我決定就交給她們了。

「櫛田同學，我對妳沒興趣。」

「哇，突然間就說出無情的話……」

「但是，現在我有件事情不得不問。能請妳回答我嗎？」

「今天妳和綾小路同學一樣都是提問日呢。什麼事呀？」

「暑假的船上考試，是妳告知龍園同學、葛城同學自己是優待者的嗎？」

我有想過她會在某程度上直接詢問，但還真的很一針見血呢。面對吃驚、困惑的櫛田，堀北繼續說：

「妳可以不用回答，因為就算翻舊帳也沒意義。我就先妳問一件事。今後我可以把妳當作班上的夥伴來相信嗎？」

「當然呀，我想和D班的大家一起以A班為目標。就像我最初說過的那樣，我希望你們讓我加入。」

「我那份心情完全沒有改變。」櫛田這麼說。

「雖然我不知道妳為什麼要對我說出那種話，但我希望妳相信我呢。」

櫛田對堀北露出笑容，同時用認真的眼神這麼訴說。

「那麼，我要回去了。剩下的偵察就交給兩位。」

「啥？欸，你在說什麼啊，綾小路同學？」

「想到這作戰的原本就是堀北，只要有櫛田的人脈，以及人脈的廣闊程度，應該就夠了吧。」

我這麼說完，就決定離開這個地方。

3

我們每天重複各種練習，體育祭終於也剩下一個星期。我們必須在今日之內交出參賽表，決定各項目的出賽者。平田一站上講台，櫛田就面向黑板拿起粉筆，準備萬全並且開始寫字。

「接下來，我們要決定所有項目、所有比賽的最終組合。」

他以匯集每天記錄自己班上結果的筆記為基礎，娓娓道出全班商量好的最佳組成，以及納入獲勝法則的出賽順序。

學生各自記下決定分派給自己的比賽和順序。對於從至今功績判斷的結果，沒有半個學生提出異議。討論沒有糾紛，就這麼進行了下去。

「——最後的一千兩百公尺接力，最後一棒決定是須藤同學。」

「這應該很妥當呢。」

我對這考量各自能力且尊重個人意思的編排感到佩服。

最後壓軸的接力賽跑，也集中了堀北等腳程快的學生。

其他學生很可能做不出比這還更理想的組合吧。

然而，我隔壁位子的鄰居，不知為何擺出不同意的表情，不斷盯著黑板。

順利結束了討論之後，堀北立刻離開了座位。

我才在想她要去哪裡，結果是須藤的座位前。我很好奇，於是側耳傾聽。

「怎麼了啊？」

「我有些話想說，你能不能過來？」

「好、好的。」

須藤被她這麼搭話，於是匆忙起身。

「還有平田同學，也可以耽誤你一下嗎？」

堀北說完就立刻邁步而出，不知為何也向平田搭話，把他叫來教室深處。

應該有小鹿亂撞了一下的須藤，也早已露出失望的表情。

「關於剛才決定的參賽表，我有件事要商量。體育祭最後舉行的一千兩百公尺接力賽跑，我希望你可以把最後一棒讓給我。」

須藤也對這意外的主張霎那間表現出困惑。

「不，可是……最後一棒通常是最快的人在跑吧？還是說，妳很不放心我是最後一棒？」

男女生在基本體育能力上不一樣。堀北在女生中腳程很快，可是混進男生組的話，就連平田都贏不了。由與平田同等，或在他之上的須藤跑最後一棒才比較自然。須藤當然也認為要由自己來跑，他應該無法馬上接受吧。

「不，不是這樣。你的實力在練習時我就很清楚了。」

「既然這樣給我跑不就好了？至少第五棒的話，是可以給妳跑……」

「我並不是沒有理由。你應該也很擅長起跑衝刺吧，須藤同學。既然這樣，你當第一棒去跑並甩開對手，我想也會達成戰略。跑出第一就可以確保內側跑道，可以有利比賽進行。如果是個人賽跑，雖然可以透過起跑讓步，來讓學生遵守比賽規則，但如果是接力賽就無法這麼做。從第二棒開始，學校就會允許依先到順序搶喜歡的跑道吧？規則上明確記載，第二棒之後超前時就必須使用外側跑道。」

換句話說，就堀北來說，她應該是想讓須藤當第一棒，作為甩開對手的戰略吧。

「可是啊……」

須藤好像怎樣都無法理解。關於這點我也同意。

我知道在起跑衝刺順利分出勝負的話，第二棒開始跑起來確實會變得輕鬆。但就算他跑了第一名，也不確定就會徹底甩掉對手。倒不如說，先讓須藤跑完並逐漸被縮短差距的那種狀態，對後面的跑者來說應該也會成為壓力。

反過來說，如果把須藤放在最後一棒，他也有可能在最後的追趕上發揮出超常的力量。只要眼前有對象追趕，就會鼓足相等的幹勁。

「最後一棒都是隊伍裡跑最快的傢伙接任的吧。」

「這裡是實力主義的學校喲，以刻板印象或是成見來決定可不好。照理來說，別班也會思考各式各樣的戰略。」

我了解兩方說詞，但要說關於這次事情，總覺得堀北好像有些強硬。雖然那將會有許多精神層面上的問題，可是基本上順序不會有什麼太大差別。像是極端不擅長起跑衝刺，或是不擅長交棒——這種技術層面之外的影響應該很弱。

但無論是堀北還是須藤，我印象中他們在這方面都能穩健地完成。

既然這樣，意思就是堀北有其他理由想當最後一棒。若是池或山內的話，就可能是單純想引人注目吧，但我很難想像她的理由也是這種。這麼看來——

「我一定會表現出比練習還好的成果。」

最後，堀北提出像是毫無根據的毅力理論來懇求他們。

「我不懂耶，這很不像是妳的作風喔，堀北。」

這項提案不可思議到甚至被須藤這麼吐嘈。

「那個……可以打擾一下嗎？」

櫛田好像很好奇這件事，而委婉地加入他們。

「啊，抱歉呀。我不小心聽到一些內容，然後我想到了。堀北同學是不是有其他想當最後一棒的理由。」

「那是——」

「如果是這樣的話，可以請妳說出來嗎？我想，我和須藤同學都不會無謂地否定妳，但要改變班上所有人決定的順序，我希望可以有正當的理由。」

「我贊成平田。好好告訴我理由啦。」

堀北露出不悅的表情，但她似乎認為說出真相才是獲得最後一棒的唯一辦法，於是說出了理由。

「因為我覺得……我哥哥會是最後一棒……」

「妳說哥哥？……學生會長果然是……」

「嗯，他是我哥哥。」

任何人都知道學生會長的存在，但他們沒從堀北這個姓氏去做連結。

那姓氏絕不算是罕見，但就算隱約想像過卻沒去追究，應該是因為堀北本身沒說出口，以及他們外表上沒那麼相似的關係吧。

他們三個都對這件事實感到驚訝，並且面面相覷。

「也就是說，妳想和哥哥一起當最後一棒嗎？」

櫛田聽了理由，但光是那樣，她似乎無論如何都無法理解。

然而，堀北不打算主動深談下去。

我決定稍微替她解圍。

「好像發生了各種事，他們正在吵架。她大概是想要和好的契機吧？」

這很淺顯易懂，而且既不是真相，也不是謊言，我都覺得自己真是在絕妙的界線上補充了一句。堀北一瞬間怒瞪般地看向正在側耳傾聽的我，不過馬上就重新面向了須藤他們。

「事情很突然，我還以為是怎麼回事，原來是這樣啊……就我來說，我現在還是有想跑最後一棒的想法，但如果是這種事情，我可以讓給妳。」

「我也覺得可以。如果須藤同學同意的話，班上大家應該也會覺得沒問題吧？」

「是啊，我知道了。我會把堀北同學和須藤同學替換再交出。這樣可以嗎？」

「謝謝……」

如果沒有這種機會，堀北和哥哥確實不會有機會近距離並肩同行吧。

就算沒有勇氣主動接觸哥哥，但若是競賽的話，她就可以強行接近哥哥。

然而，堀北的這份決心，也未必會有所回報。

因為就算她靠近那一板一眼的哥哥身邊，我也不認為會產生什麼改變。

高度育成高級中學學生基本資料　　時間7/1

姓名	柴田颯 Shibata Sou
班級	一年B班
學號	S01T004666
社團	足球社
生日	11月11日

評價

項目	評價
學力	C
智力	D
判斷力	B
體育能力	B+
團隊合作能力	B-

面試官的評語

國小、國中皆以足球社為中心，活躍於社團活動。學力也擁有平均實力，我們判斷他是名優秀學生。因為替夥伴著想的心情很強烈，也受到老師、同學的信任，評價很高。我們希望於本校見證他更加有所成長。

導師紀錄

他是個像一之瀨同學男生版的男生，受到大家的仰慕。運動、溝通能力都很出色，是未來令人期待的學生。

開幕

這天終於到來了。體育祭拉開序幕，想必這會成為漫長的一天。全校學生都身穿運動衫，如練習那樣列隊進場。雖然說是列隊進場，但大部分學生都只是很平常地走著路。以不會打亂秩序的程度展現自己的認真。

「我要展現帥氣的一面，向小桔梗猛烈自薦一番！」

池走在我正後方，有些興奮地說出想法。他運動神經也沒有特別好，是打算怎麼自我推薦呢？看起來幾乎無疑是沒什麼祕策，只是在白白鼓足幹勁。

開幕典禮上，三年A班的藤卷進行了開幕宣言。順帶一提，雖然人數不多，但操場周圍也可以零星看見觀眾的身影。他們可能是在用地裡工作的大人們吧。這部分校方好像沒有特別規範。我不時也能看見他們露出笑容，揮揮手。

另一方面，學校的教師們則是完全不帶笑容地守望著學生的情況，其中也可以看見感覺是醫療相關人員的大人。另外，學校也建造了可容納二十人左右的小屋，室內備有冷氣、飲水機等設施。這應該和無人島時一樣準備萬全吧。附帶一提，互相競爭的紅、白組彼此隔著跑道，面對面

地各自設置帳篷。因此變成是除了競賽中之外，我們無法接觸到對方。

「準備還真是周到呢，連判定結果用的照相機都有裝設。」

學校好像替最初的一百公尺賽跑做了準備，終點般的地方可以看見一台照相機。

「也就是說，校方應該絕對會避免誤判或是模糊的結論。」

校方應該打算像賽馬那樣，就算是一個鼻子、一個脖子的差距也要分出勝負吧。正因如此，這場體育祭上完全沒準備聲援比賽等難以計分的競賽。

1

「你一百公尺賽跑是第幾組？」

「第七組。」

我邊看簡易節目表（一張寫著競賽順序與時間的紙）邊回答。

「要是沒強敵出現就好了呢。為了班級，我會稍微替你加油的。」

「我會盡量努力不要變成最後一名。」

我說出沒志氣的目標之後，我們一年級男生就立刻為了比賽走向操場。

一百公尺賽跑等等的競賽，全部都是從一年級生開始依序進行。從一年級男生開始跑，到三年級女生跑完，一個項目就會結束。插入中途休息之後，再切換成相反模式，從一年級女生開始跑到三年級男生，然後就會結束。比賽以各班事先交出的資料為基礎，按照決定好的組合，正準備開始舉行。我們到正式比賽當天才會弄清別班想用誰跑什麼順序。各班選出兩名的共計八名學生排成了一直線。我剛才也和堀北說過，我的出場順序是第七組。一年級男生全部有十組。

輪到跑第一組的須藤出場。D班全體學生都緊張地守望著他。

須藤的存在將大幅影響體育祭的結果。首先的計畫，是以須藤在最初項目的成功給對手下馬威，讓所有人都乘上那股氣勢。假如須藤在這邊以沒出息的結果告終，也可能影響之後的同學。

「看上去好像都是些不怎麼樣的傢伙耶，還有很多胖子跟書呆子。第一名確定是須藤了吧——」

不見其他三班有年級裡出名的學生。就如池所說的，這應該是確定了吧。

「根據想法不同，這反而也能說是種損失呢。」

就理想來說的話，如果是須藤的體育能力，有一定跑速程度的傢伙上場會比較理想。

「但只有這點是沒辦法的呢，畢竟是運氣。」

須藤在起點位置擺出蹲踞式起跑的姿勢，側臉讓人感受到一股絕對的自信。他向周圍散發出就算在比賽途中跌倒也能逆轉的那般從容。

須藤在鳴哨同時完美地站起，飛奔而出。一開始就抽身衝出的須藤，就這樣甩開對手地把所有男生拋在後頭，向前奔馳。

他以附近誰都跟不上的壓倒性差距抵達終點。此外沒有什麼好說的了。

在全校學生的守望下，身為最初競賽的跑者，須藤正如期待摘下了第一。

被選出的博士也同時如想像那樣，好好地拿下了最後一名……

然而，我們不用沉浸在餘韻裡，下組的起跑信號就響起。信號大約間隔二十秒左右發出一次。

到一年級男生全部跑完，所需時間是四分鐘前後。因為要給三個年級的男女輪流跑，因此估計要花三十分鐘左右，才會跑完一百公尺賽跑。

「不愧是須藤同學呢。」

和我同組的平田欽佩地誇讚他。

「嗯，別班感覺也嚇破了膽。」

他不只拿下第一名，毫無疑問也給人強烈的衝擊。

第七組的我們就像須藤和博士那樣職務分配確實。平田既是足球社，腳程也很快，他要拿下前幾名，我則是要盡量拿下前面一點的名次，可以說就是即使輸了也沒辦法的那方。一個顯眼，一個不起眼。

別班有好幾名應該提防的學生，不過就我所認識的，其中散發存在感的龍園或葛城，以及運動神經優異的神崎、柴田會是在第幾組呢？第三組成群走入了起跑地點。

「哦，禿子……不對，葛城在第一跑道耶。」

池指著他的頭。沐浴在陽光之下的光頭，發出了眩目的光芒。

葛城隔壁有個我認識的男生，正神情冷靜地凝視著終點。他是B班的神崎。

葛城和神崎要交戰了嗎？

另一方面，在某種意義上備受矚目的男人——D班的高圓寺，也是第三組的其中之一……

被分配到第五跑道的高圓寺人不在，可是校方也沒打算尋找不見人影的高圓寺，而是把他當作缺席處理，立刻開始了比賽。

第三組感覺會是場混戰，但跑步能力上好像是神崎更勝一籌。葛城的腳程絕不算慢，但還是以慢了一步的形式平穩地結束比賽。結果神崎第一名，葛城第三名。平田在賽跑正順利進行時發現了一件事。

「綾小路同學，那裡。」

平田注意到的是小屋方向。我定睛一看，看見高圓寺在室內整理髮型。

他應該不是已經跑完了吧。話說回來，他也太早撤退了。

「看來他不參加呢。」

到開幕典禮為止，他看起來都有乖乖服從，但到頭來好像還是不參加競賽。

高圓寺恐怕是找了腳痛、身體不適之類的藉口溜出去吧。假如所有比賽他都不參加，連照理最後一名也可拿到的點數都會無法獲得，因此這對於班上與紅組來說，便會作為負債，重重壓到我們身上。雖然A班是正當理由，但他們也同樣有不參加所有項目的坂柳。C班或B班沒有缺席者，這麼一來紅組就必須單純填補兩人的洞。這是相當大的不利條件。

競賽順利地進行了下去。

小組接連地被消耗掉，轉眼就輪到了我們第七組。

我進入第四跑道，平田則在隔壁第五跑道。其他成員裡有A班的彌彥，剩下的則幾乎是沒見過的男生。這是我人生第一場體育祭。我以既不快也不慢的起跑衝刺開始了比賽。跑在我隔壁的平田一點一點超前，擠進前段陣營裡。另一方面，我則是視野之中可以看見四個人的背影，位居第五。

好像因為跑步能力沒有極端差距，我們幾乎是以擠成一團的狀態在疾走。我就這麼不改順序，以第五名完成比賽。對照之下，平田則以毫釐之差榮獲第一名。

「呼，辛苦了。」

早一步到終點的平田輕輕嘆口氣，對我說句慰勞的話。

「抱歉啊，我扯了後腿。」

「沒這回事喲。大家都跑得很快，這是場很棒的對決呢。」

就算我的結果很沒出息，平田也沒有苛責，而是用笑容迎接。我們趕緊出去跑道，回到了帳篷。因為後繼組別會接連開始，所以逗留會變成阻礙。

一年級男生的一百公尺賽跑結束後，返回座位的男生們便用力凝視似的注意女生們的賽跑。男生應該也想看比賽結果，但主要是因為非常想看女生跑步的姿態吧。

「須藤呢？」

不見照理已經回到座位的須藤人影。

「誰知道，應該是去上廁所吧？比起那種事，我們來看搖晃的胸部吧，胸部。」

池雖然很樂觀，但我對須藤不在，馬上就有不好的預感。若是那傢伙的話，他很可能會去幫堀北加油，不見他人影這件事非常奇怪。

「……難不成……」

我看了小屋方向。不好的預感似乎應驗，須藤正在逼問高圓寺。

「真是不太好的發展呢，我們得趕緊阻止。」

「是啊。」

我和幾乎同時發現這件事的平田急忙走向小屋。

場面好像已經升溫，須藤用力握緊拳頭，與高圓寺面對面。

「你這傢伙！什麼不參加比賽，你少瞧不起人了！」

打開室內大門的同時，須藤的恐嚇聲便傳了過來。須藤已經靠到眼看就要揍上去的距離，但高圓寺簡直就像沒發現他的存在。

他看窗戶玻璃映出的自己看得入迷，表現得心臟很大顆。

然而，那副模樣卻是對須藤的怒火火上澆油。

「看來不扁你一頓，你就不會懂呢，高圓寺。」

「那可不行啊，須藤同學。要是被老師知道的話——」

平田理所當然地制止，但須藤不是會因為這種程度就作罷的男人。

「吵死啦，這是班級裡的問題吧，就算揍了也沒什麼關係啦。只要這傢伙別哭著央求老師就沒問題了。」

「你這男人還真是老樣子地邋遢呢。我是想安靜獨處才來這裡，如你所見，今天我身體不適。我只是為了不添麻煩才辭退的呢。」

「少騙人！如果只有練習就另當別論，你居然連正式比賽都蹺掉！」

他會想這麼怒吼也是難怪。不管再怎麼看，高圓寺就是很健康。

「不可以啦！須藤同學！」

在身處一段距離之外的平田急忙靠過去之前，須藤就忍無可忍地舉起拳頭。

他應該是打算揍一拳，讓高圓寺清醒過來吧。

然而，高圓寺這超乎想像、超乎常規的男人，卻用手掌接住須藤擊出的強力拳頭。

砰。小屋裡響徹了這無力的聲響。

高圓寺看都沒看須藤的臉，便如此斷言道：

「別這樣，憑你是贏不了我的。」

須藤看起來不像是對同學放了水。那是全力揮出的拳頭。

那擊被三兩下接住，須藤應該也再次深深體會到高圓寺巨大的潛能了吧。但須藤別說是對此畏懼，好像還增加了幹勁。

「那就放馬過來吧，我會挫挫你那自傲的銳氣。」

「真是的，不管是你還是她，好像都不依賴我就受不了耶。」

「她？你是指誰？」

「就是你迷戀的Cool girl呀。我連今天都被她叮囑了一番呢，她要我認真參加體育祭。」

「堀北那傢伙……？」

看來堀北從初期就預見高圓寺不參加的可能性。

唉，因為知道他在無人島上開頭就棄權，操心那點也是很自然的發展吧。

話說回來，我還真不知道她在我看不見的地方督促高圓寺。

「總之，你就退下吧。因為我身體不太舒服呢。」

「你這傢伙——！」

平田心想不能再次讓他打人，而插入須藤與高圓寺之間嘗試調停。

「你最好冷靜一點。高圓寺的態度雖然也有問題，但既然他說身體不適，照理說就有權利休息。再說，不管對方是誰，你都不可以施暴。」

「那種話肯定是騙人的啊！他無人島時不也這樣嗎！」

「真是無憑無據的發言。我身體不適不太會表現在態度上呢。」

「剩下的競賽，你也打算全部都蹺光嗎？啊？」

「假如身體狀況恢復，我當然就會參加。假如身體狀況恢復的話呢。」

須藤無法徹底平息怒火，但無法一直搭理高圓寺也是事實。

「下一項競賽已經快開始嘍，須藤同學。如果當領袖的你不在場，也會影響士氣。」

平田好像從其他角度說服須藤似的切換了說法。

「……好啦，我回去就行了吧。」

「謝謝你。」

平田像在照料須藤似的與他一起出了小屋。我也跟在他們後頭。

回到D班陣營的帳篷後，須藤心裡雖然很焦躁，但還是坐到了折椅上。

「可惡！我下次真的會把那傢伙揍飛！可惡！」

他的憤怒也不太可能會平息，於是便四處發洩心中湧出的情感。

君子不立於危牆之下。大家都接連離開須藤。

須藤以要咬上所有靠近者的氣勢釋放怒氣。

然而，沉醉於女生賽跑的池他們卻沒發現須藤這股焦躁，開朗地靠過來。回過神來，女生的一百公尺賽跑好像也進入高潮，最後一組正要進入跑道。

「你在做什麼啊，健，你終於回來啦。你喜歡的比賽就要開始嘍。」

池啪地拍了須藤的背。那瞬間，他的手被須藤抓住，狠狠地施展頭蓋骨固定技。

「呀！你幹嘛！」

「紓壓。」

「痛痛痛！我認輸我認輸！」

唯獨這點，我只能說池很倒楣、很可憐。

不管怎樣，因為對池發洩了怒氣，及堀北比賽將至，須藤好像也稍微恢復了冷靜。迎接一年級女生最後出場的堀北進入了跑道。

「起碼看個鈴音來療癒一下吧……」

既然你看那個傢伙就會被療癒，那你就好好療癒一下吧。

呼吸紊亂的佐倉，回到觀察這般須藤的我身旁。

「呼啊、呼啊……好、好難受……」

她好像是竭盡全力跑完，而極為痛苦地反覆呼吸。

「你、你有看我跑嗎？綾小路同學！」

她的雙眼從眼鏡深處這樣閃閃發亮地仰望著我。很遺憾，佐倉的比賽好像在我追著須藤進入小屋的期間就結束了，我不知結果如何。但要是在此說自己沒看她跑，佐倉應該會極為失落吧。

「妳很努力了呢。」

雖然簡短，但我充滿情感地如此說道。從現在所知的事實可以確定的，就只有佐倉以自己的方式拚命結束了賽跑。

「謝、謝謝你！我第一次不是吊車尾呢！」

她掛著笑容這麼說道。佐倉在課堂和練習上都壓倒性地慢，看來她似乎贏了某人。而且，照這情況看來，好像也不是對方犯下跌倒等等的失誤。

「妳別太胡來喔，太忘乎所以的話可會跌倒受傷。」

「嗯……嗯！」

她的呼吸依然困難，露出笑容後，就望向我隔壁的下組女生賽跑。

我也注意到要和堀北跑同場比賽的某個其他女生。

是站在第三跑道的C班學生——伊吹澪。沒想到堀北居然會和視她為對手的伊吹同組。真是奇妙的巧合。堀北看都沒看她，伊吹那方卻好像劈里啪啦地迸出花火。就算隔了一段距離，我也看得出她那種絕對不會輸給堀北的意志。

「小伊吹的運動神經很好嗎？」

「我怎麼知道。贏的會是堀北，只有這點不會有錯。」

雖然其他男生無從得知，不過伊吹的運動能力其實很強。我手上也只有少少的資訊，無法斷言哪方會勝出。

開始的信號響起同時，七名女生跑了出去。備受矚目的兩人之中，伊吹那方跑出很好的起步。堀北的反應慢了點，比較晚出發。

但她立刻就加快速度，以漂亮的姿勢逼近伊吹。另一方面，伊吹雖然成功起跑，但好像很在意跑在一旁的堀北，看來被後方勾去了注意力。好像多虧這樣，堀北在中間階段像是緊黏上去似的與她維持一定距離往前跑。

最終階段，我可以看見伊吹僵住表情。她們一並列，堀北就稍微超前。真不愧是顯露自信的堀北，雖然這是很短的差距，但結果她也搶下了第一。

「好像不太妙……？」

須藤如此嘟囔，他的預感應驗了。儘管真的很慢，但伊吹開始一點一點縮短了距離。逼近正

要完全甩開對手的堀北。

先衝過終點線的人是堀北。面對這場就算用影像判定都不奇怪的激戰，雖然只有一下子，不過周圍都「哇——」地熱鬧了起來。

伊吹在氣喘吁吁的堀北身旁，不甘心地往地上踢了一腳。不過，要是她沒那麼在意堀北的話，我甚至覺得名次會替換過來。意志的些微差距好像變成了堀北的勝因。

「話說回來，這真是場她們倆脫穎而出的比賽耶。」

我的心情就跟看著堀北跑完的須藤相同。儘管和伊吹展開勢均力敵的比賽，但除去D班學生，其他四名女生的程度說實在都相當低。

一年級一百公尺賽跑結束時，大家互相報告了結果。

須藤或堀北、平田這種以運動神經為傲的人，穩穩地確保了第一名。然而，我們也了解到備受期待的中間層名次不佳、起跑不理想。

「你們振作點啦。尤其你不是只以腳程為傲嗎？」

「就、就算你這麼說——柴田那傢伙跑得很快嘛。」

「這也是情有可原的喲，因為柴田同學腳程比我快。」

事實上，柴田在社團活動練習中，也有好幾個感覺比平田動作更快的場面呢。雖然這是很出色的開始，但接下來的計算也將越變越複雜。

在這場合筆記本和手機都沒有，就算在某程度上互相口頭傳達結果，要掌握一切應該也很困難吧。也不會詳細知道別班的情況。

我靠近回來的堀北，向她搭話。

「真是好險耶。」

「……是啊，伊吹同學比我想得還快，我很驚訝呢。」

堀北剛才似乎有好好發覺伊吹逼近，而放下心地鬆了口氣。

「聽說妳去和高圓寺搭話了呢。」

「你是聽誰說這件事的……？不過，那好像是件沒意義的事。」

堀北瞥了一眼在小屋裡度過優雅時光的高圓寺。

「我擔心過他可能會蹺掉，但結果還是變成那樣了呢。」

「畢竟那傢伙在某種意義上比誰都對A班不感興趣。」

只要不被退學就好，剩下的就開心地度過。他既然都這麼決定了，我們也叫不動他。

然而，堀北好像開始萌生出無法釐清對錯的心情。

「假如我是櫛田同學那樣受班級喜愛的人，他就會行動了嗎？」

「不知道耶，我想他也不是那種會回應櫛田或平田說服的類型。」

話雖如此，但他們倆沒有勉強說服高圓寺。要說為什麼的話，那是因為雖然那是高圓寺自

稱，但面對表示自己身體不適的對象，他們不會斷言那就是謊言。

「沒想到妳居然會說出『像櫛田那樣』的這種台詞耶。」

「我本來就沒有很討厭她。」

她在很自然的談話過程中這麼說出口，然後彷彿覺得自己有點說溜嘴，而緊閉雙唇。

「剛才的你就當作沒聽過。」

她這麼說完，便結束了話題，然後望向不久就要開始的三年級競賽。

對這傢伙而言，D班是她的煩惱，哥哥的存在也一樣吧。

不過，學生會長哥哥那方，則完全沒受妹妹的心意影響。

在第二組起跑的堀北哥哥，理所當然地以第一名抵達終點。

「就如我想像，跑得很快耶。」

「因為哥哥是完美的。不管讓他做什麼，他都會是第一。」

與其說是引以為傲，不如說她真的就像在說很理所當然的事。

全年級結束一百公尺賽跑後，便進入總計分的階段。

在下個競賽開始前，紅、白組最初的分數被公布了出來。

紅組兩千一百一十分，白組一千八百九十一分。

雖然競賽才剛開始，紅組就已經有些許優勢。

2

第二個競賽項目是跨欄比賽。它和一百公尺賽跑相同，基本上是容易純粹反映出跑步能力的項目。話雖如此，那也不光是這樣而已。我們得不操之過急、準確地跨過去，不然就會嚐到嚴重失誤。關於這項競技，它有兩條規則——「弄倒欄架」、「碰到欄架」這兩點將被加上時間懲罰。如果弄倒欄架是零點五秒，碰到欄架則是加零點三秒到抵達終點時的秒數上。

因此，只是跑得快是贏不了的，還必須準確地跳過去。

雖然這麼說，但跳得慢當然也贏不了，所以重要的是在練習時間上抓到多少感覺。間隔十公尺放置的欄架共有十個。假如弄倒所有欄架，光是這樣就要加上五秒。應該幾乎會變成令人很絕望的名次。

須藤在這個項目上會是最後開始的組別。

「喂，你們要是拿了最低名次，我可會賞你們耳光喔。」

須藤雙手抱胸守望著同學。面對他散發出的強烈壓力，不擅長運動的學生害怕得哆嗦了起來。

「這是怎樣的恐怖統治啊！」

「呃——外村同學不在嗎？不在的情況將會失去資格。」

位在起跑位置的裁判傳來這樣的聲音。

「在、在下肚子痛……請問我可以缺席嗎？」

博士在練習時也幾乎沒跳過欄架，他害怕似的打算逃走。

「啊？弄倒所有欄架也可以，你就算是爭口氣也要跑完！」

「嗝噗！在、在、在下在場！」

博士在雙方臉龐幾乎快碰到的距離被須藤怒瞪，於是就前往了跑道。最後一名與失去資格可有天壤之別。既然失去資格連一點都拿不到，參賽就是必要的。

「真是，真沒用耶。他就是平時都很隨便，所以才會發福。」

但博士就如同預想那樣跨不過欄架，到頭來還是一面用手弄倒欄架，一面以最後一名跑完了全程。

「話說回來，柴田那傢伙還真行耶。」

須藤在逐漸掌握各班戰力的情況中，戒備地如此說道。

雖然目前還是第二個項目，但柴田也在跨欄競賽輕鬆地獲得了第一名。他應該是須藤當前的對手吧。而且，他好像就像一之瀨那樣，擁有照顧周遭的領導能力。

「要是直接碰上他，我一定會贏他。」

這麼發展下去的話，須藤的目標年級第一或許就會離他而去。

尤其團體比賽的結果不知如何。這是令人不安的要素。

「那麼，接著請第四組準備。」

我被裁判呼喚，於是到了和剛才一樣的跑道。第二跑道上有神崎的蹤影。

「看來我們很快就碰上了呢。」

「……還請你手下留情。」

「聽一之瀨說你跑得相當快。」

一之瀨是因為哪一點才那麼想的呢……我重新回想，想到唯一有過一次的那件事。佐倉被捲入事件裡時，我讓她看見跑步模樣了吧。雖然我不是全力跑，但從跑步姿勢去推測運動能力，這也是可以想像的。

再說，我在游泳池和一之瀨他們玩遊戲時，也出奇地受到注目呢。我在至今的考試或事件上被他們提防，大概也沒辦法吧。

「那是錯誤資訊。你看見剛才我一百公尺賽跑的名次了嗎？我可是第五名喔。」

「雖然結果是那樣，但你看起來不像有認真跑呢。」

「在這體育祭上保留實力沒有好處吧。只會有所損失。」

「雖然機率很低，但作為戰略也並不是完全沒意義。」

看來一之瀨他們B班好像有確實地偵察、觀察，並且推測了敵情。

雖然是像我這樣的存在，不過他們不光是名次，就連迄今為止的過程都有所掌握。

「再說，你在同年級裡也算是相當冷靜的男人。那種人很令人害怕呢。」

「算了，隨你怎麼想吧。」

雖然話才聊一半，但C班的男生來到我們之間，於是我們就中斷了。第四組除了神崎，看來好像沒有那麼厲害的成員。就算我多少提昇名次，應該也算是誤差吧。

我在起跑同時，用和剛才大致相同的感覺跑步。神崎果然脫穎而出，跑在我前面的只有一名學生。最後，我得到了第三名的好成績。雖然這也是編組的關係，但也因為這是既不好也不壞且不起眼的排名，所以我似乎可以順利進行下去呢。

「……唉，真是的……真不走運。」

幸村結束競賽回來我們陣營之後，就稍微垂著頭並且喃喃自語。從他的樣子推測，他好像是比完了兩項競賽，而且結果不理想。

「結果不好嗎？」

「是綾小路啊……我變得很想恨這種編組了。我是第七名跟第七名……」

亦即所謂的連續安慰獎嗎？他被逼到相當痛苦的狀況之中。

「這要端看你的想法。如果是你的話，就算淪落到最後一名，考試上也不會出問題吧。」

「雖然我沒考過不及格，但這無疑會降低我的成績。再說，這結果也會對班級或紅組造成負擔……」

比別人更加倍想爬上A班的男人，好像比其他人抱著更加倍的責任。正因為他平時都用強硬語氣痛罵須藤那些學力不好的學生，他才會有不想表現出弱點的想法吧。

我想繼續說些什麼會很不識趣，於是決定稍微和這種場面保持了距離。

我盯著女生們的競賽。一開始上場的是堀北和佐倉這兩名我熟知的人物。備受期待獲勝的堀北沒感到壓力地站在起跑位置上。另一方面，雖然很不好聽，但零期待度的佐倉，則看起來很僵硬緊張。

「堀北同學的編組不太好耶。」

「是這樣嗎？」

平田很了解別班，他邊看著組合邊這麼說道。比賽立刻就開始進行了。

「因為據說是C班腳程最快，並隸屬田徑社的矢島同學和木下同學都在呢。」

「原來如此……」

堀北在最初的一百公尺賽跑才贏下與伊吹的激戰，但試煉好像持續了下去。

「要贏確實很嚴苛呢。」

堀北緊咬似的奔跑、跳躍，C班的兩人卻先超越了她。機會沒有造訪堀北，她以第三名的結果結束了比賽。

平田得知該結果，便面向了我。那不是針對堀北輸了的眼神交流。那是因為他從這比賽的編組中感受到奇妙的不自然感。

3

下場競賽的內容是「倒桿大賽」，是簡單卻粗暴，且有些危險的團體競賽。

「你們絕對要贏喔。高圓寺那白痴不在，你們相對要鼓起幹勁！」

須藤喊道，鼓舞集結在眼前的D班、A班全體男生。

另一方面，擋住須藤等人的是神崎、柴田率領的B班，以及龍園率領的C班男生。雖然尤其C班那方是未知數，但當中也存在好像很健壯且引人矚目的學生。以之前和須藤因打架騷動有過糾紛的坂崎、小宮為始，似乎還有個叫作山田的大塊頭學生。他是日本人與黑人的混血兒。我偶爾會在學校看見他，不過他的程度究竟到哪裡呢？

無論班級的學生人數是多是少，都得以現有的戰力來思考戰略並競賽。

比賽規則是先拿下兩桿的組別獲勝。葛城和平田在事前討論上決定每班交替進攻和防守。應該是預計個別區分攻守風險會很高吧。那種方式更淺顯易懂，而且也容易合作。

形式為Ｄ班先負責攻擊方，Ａ班接任防守桿子的職責。假如這個攻防形式成功地先發制人，我們就預計會優先在比賽上，不改變攻守方。

「哎，別擔心啦。就算只有我一個，我也一定會把對手打倒。」

「你要弄倒桿子，而不是要打倒人喔……」

我實在有點擔心，因此暫且和他說了一聲。

「我無法保證耶，因為高圓寺那件事我很焦躁！嘎啊啊。」

他好像打算撲過來，露骨地表示敵意。須藤向對手方比了中指。

「還是保持距離好了……」

池等人感到有被須藤牽連之虞，於是慢慢地離開了他。這樣才明智。

攻擊陣營（主要是須藤）殷切期盼宣告比賽開始的哨音。

拳打腳踢等明顯的暴力行為當然是禁止事項，但發展成某種程度上的扭打，校方也會允許吧。預計會有許多人扭打、互相推擠。

「唔——總覺得好像變得很可怕。我還是第一次參加倒桿大賽……」

「你沒在像是國中的體育祭、運動會上參加過嗎？」

「我聽說這是很危險的競賽，就沒參加了耶——綾小路，你學校有辦過喔？」

「不……我也是第一次參加。」

「什麼嘛，你不也是第一次嗎？」

我們正進行著鬆懈的對話時，比賽開始的信號響了起來。須藤爭先恐後地吶喊，往前衝。積極的組員彷彿在叫大家跟上似的衝入敵營。

「糟糕，走嘍！綾小路！我才不要因為偷懶而被須藤殺掉！」

池或我、幸村等等不喜歡競爭的人，慢慢地跟上了積極組的後方。

對戰隊伍BC聯盟也和我們一樣，班級以攻擊方、防守方漂亮地劃分開來。畢竟他們比DA聯盟更難以合作啊，說不定這也是理所當然的想法。

第一場比賽，保護本營桿子的好像是B班。B班一群人在眼前等著。

順帶一提，攻擊陣營和攻擊陣營禁止互撞。

規則定成攻擊陣營從頭到尾都必須往防守陣營進攻。

「想被我宰的傢伙就放馬過來！」

須藤一邊說著這不得了的危險發言，一邊衝進對手的防守陣營。面對他的高大身材，以及讓人難以想像是高一生的力量，黏在桿子周圍的學生接二連三被扯了下來。

「阻止他——！阻止須藤——！」

部分防守學生配合B班的這般喊叫聲，而圍住了須藤一人。

「喂！你們趕緊接著上！我殺開了一條路！」

須藤沒回頭，就這麼對正後方跟上的積極小組喊道。然而，比賽可不會那麼單純。狀況逐漸混亂得像戰場，周邊揚起了沙塵。

我以派不上用場也不至於礙事的程度靠著B班學生，熬過這個場面。

「可惡！到底是有幾個人衝過來啦！」

須藤被三四個男學生押住身體，就算他再怎麼有力量也被封住了。

另一方面，積極小組也沒達成突破，在緊要的關頭被對手徹底守下來。

D班的問題點，是雖然擁有須藤這種突出的攻擊力，除此之外卻幾乎沒人以力量為傲。另一方面，B班有許多學生擁有略高於平均的力量。尤其不積極的我或是博士沒成為戰力，缺少進攻者也是必然的吧。

「不妙了，健！A班他們……！那個叫山田的混血兒在我們這鬧得很誇張！」

「啥？」

他因為那聲音而回頭，便發現A班防守的紅組桿子稍微開始斜傾。

C班好像有很多像須藤這種暴力……不對，這種武鬥派的學生，看起來很輕鬆地在突破我方防守。要是讓他們扭打的話，是否有利很明顯吧。再說，假如被龍園命令進攻，他們也會死命去

做吧。

雖然我們必須做點什麼，但關鍵的須藤遭到四五人阻攔，他也無可奈何。須藤被完全地封住行動。當然，光是對付這麼多人，他也已經相當厲害了。

須藤拚命瞄準桿子行動時，哨聲無情地響起。

結果，第一根桿子被白組先輕鬆拿下了。

「啊——可惡！你們在幹什麼！要拚死地上啊！」

須藤瞪著悽慘倒下的桿子，同時對沒徹底進攻的D班洩憤。

「就算你這麼說……那些傢伙可是相當強耶！痛痛……我都擦傷了。」

「那只是擦傷吧！你咬上去也好，踢個膝擊也好，就是要抵抗啊！真沒用！」

我了解他的心情，不過無論哪一種，都是犯規一次就會被退場。

「被拿下一桿也沒辦法了呢，這次換我們好好防守吧。」

平田溫柔地拍了須藤肩膀，在平息他的憤怒後，著手立起倒下的桿子。

「嘖……絕對要守到底喔！你們聽見沒！」

「我、我知道啦——我會盡量做——」

「不是盡量，是要絕對死守啦！不管是一小時，還是兩小時都要！」

要說D班學生們有不如別班的部分，那就是合作與幹勁這兩項了吧。

雖然是包含我在內，但除了部分學生，大多數人都讓人感受不到霸氣般的特質。

關於這點，剛才進行防守的B班，他們全體合作性與幹勁都很高，是很強勁的強敵。

「綾小路，你就算是死也別讓桿子倒下喔！再怎麼說你都是第二名！」

我算是擁有僅次須藤的肌力，因此我立刻被派去和他一起防守桿子。

既然我被使勁按住桿子的須藤盯著，我也不能貿然放水。

「怎麼能就這樣讓他們輕易連勝，開什麼玩笑！我要揍飛龍園那個混帳！」

話說回來，剛才比的第一根桿子，攻擊陣營裡的龍園幾乎只有在觀戰。

雖然是因為他就算自己不加入也占有優勢，但須藤很討厭他那樣吧。

「C班給我攻過來，C班給我攻過來！」

須藤反覆嘟囔道，老實說力量系的C班成群襲來，我們會很吃力。

就防守方而言，依然是被B班進攻會比較輕鬆吧。

彼此準備好架勢，即將開始比賽第二根桿子。究竟——

「來了來了，他們來了！」

看來情況好像不如我的期待，變成了須藤期望的發展。

朝氣蓬勃的C班學生為了開始攻擊，而狠狠瞪了過來。

統合那班級的領袖——龍園，也在後方無畏地笑著。

他就彷彿主持戰場的軍師，在比賽開始信號響起的同時下令突擊。

那恐怕是很簡單的指示。

畏懼恐怖統治的士兵在「弄倒它」這三個字之下襲擊而來。

集中了與須藤體格相近、屬於運動系社團的一群大塊頭男學生帶頭闖了進來。

湧上的學生不疾不徐地如人牆一般朝桿子逼近過來。

四處的D班學生都發出了慘叫。防守外牆的學生很快就逐漸減少。

「站起來！抓住他們的腳，拖倒他們！」

對手的怒吼抹除了須藤喊出的胡來激勵聲。

C班反覆做出犯規邊緣的肘擊動作，不一會兒就殺進了主堡。A班的葛城等人也進軍到快摸到桿子的位置，但是他們趕得上嗎？

「咕！」

在我斜前方支撐竿子的須藤，發出這樣的悶哼。拉近距離到須藤眼前的人物是混血兒山田。他的體格在須藤之上。該保護的桿子微微地傾斜。

「是誰打我肚子！」

看來有某人混入這場混戰，直接攻擊了須藤。

而且好像還不是一兩次，比賽上摻雜著痛苦與憤怒的聲音。

然而，須藤必須雙手按住桿子，他也無能為力。
他只有一邊像烏龜那樣屈著身體，一邊死命忍耐的這個辦法。
「痛、痛耶！你這混蛋！」
儘管須藤只憑聲音戰鬥，C班的動作也絲毫不見減弱。
須藤變得很痛苦，而雙膝跪地。我很想誇讚他就算這樣也想保護竿子的鬥志。
有個男人赤腳踩上這樣的須藤的背。
接著，他就像在站出來稱王似的，全力踹了須藤的背後。
「嘎啊！」
這是在極為擁擠的比賽中利用死角的凶惡一擊。
踢出這一擊的，不用說當然就是龍園。
「你這傢伙！唔咕！」
他又再次嚐到彷彿要折斷他背上骨頭般的果斷踢擊。
須藤因為這擊倒下的同時，失去了支撐效果，桿子因此倒下，一口氣揚起了沙塵。轉眼就定出了勝負。
須藤就這樣倒在地面上，怒瞪前來踹他的對象——龍園。
「呼啊……呼啊……你這傢伙……這可是犯規！」

「什麼嘛，你在那裡啊？我沒注意到耶。」

他這麼說完，就毫無愧疚之色地回去了。雖然須藤很想追過去，但他背上的痛楚好像非常強烈，因此無法立刻站起。ＤＡ聯盟嚐到了大慘敗。

「你的背沒事吧？」

「唔……還可以吧……可惡、可惡！」

比起痛楚，他似乎對於嚐到不講理的犯規技一事更感到怒不可遏。

「那個裝模作樣的混蛋！下次看見他，我一定要把他打趴……！」

「這樣又會變成一場騷動喔，你打算重演當時的問題嗎？」

我是指須藤在與C班打架的騷動上差點被下達處分時的事。

況且，假如變成須藤主動挑釁，這次就真的會被懲罰了。

「那傢伙可以，我就不行喔！你看看我背後的痕跡啊！」

「我懂你想說的，但那樣應該會被視為比賽中的自然行為吧。」

龍園和須藤彼此想做的事都一樣，不過手法上有壓倒性的差異。

這次的是在沙塵飄揚、學生混雜的比賽中行為。總之，那傢伙的動手時機和做法很高明。

「啊——真煩躁耶！我明明就打算全盤獲勝！」

他從對龍園的焦躁，轉而對沒出息的D班、A班露骨地挖苦。

A班那方也聽得見那些話，因此部分學生瞪了回來。也有人想回嘴，但卻被葛城制止，而沒發展到那種地步。

「抱歉，沒派上用場……」

「我們才是，因為我們也沒順利守住。下次再加油吧。」

只有葛城和平田冷靜地接受了結果。我們暫時解散，回到了陣營裡。

4

一年級男生連休息時間都沒有，就開始準備下一場競賽——拔河。在那段期間，一年級女生也一步步在進行投球大賽。使用體力的團體競賽接連舉行下去。雖然我起初沒有留意，但這出場順序還真是相當累人。

「你覺得現在拉開了多少差距……？」

「不知道耶。比賽才剛開始，就算想也沒用吧。」

「是沒錯啦……輸了就是輸了，那些傢伙應該領先一步了吧。」

須藤好像無法忍受敗北，而一邊抖腳，一邊守望著女生的比賽。

「起碼女生能贏的話就好了呢……」

投球的勝負遠遠看很難了解，因此情況不明朗。

我想是因為比賽就是如此拉鋸，戰況好像相當危急。

不久之後比賽結束，負責的教師一面丟球，一面逐一計算得分。

「共計五十四顆，贏的是紅組。」

這麼一來，男生沒出息的倒桿結果，就託女生的福而抵銷了。

「好，走嘍……！」

「你的背沒事嗎，健？」

「我的身體比普通人都還強壯一倍。再說就算很痛，這也不是能夠解決的問題吧。」

儘管被人擔心，須藤還是強而有力地站了起來。

拔河的規則和倒桿大賽相同，都極為單純。先拿下兩回合的那方獲勝。

「要是可以在拔河上反擊，團體競賽就會逆轉了呢。而且拔河不是會接觸到對手的活動，對方也只能純靠力量決勝負。照理來說，不會變成很亂來的比賽。」

總是掛心周遭與須藤的平田這麼前來搭話。須藤像在回應這句話地點了點頭。

「也是……正因如此，我們可不能輸。」

純粹的力量與力量、智慧與智慧。究竟哪方才會發展到優勢呢？

集合到操場正中央的四個班級分成兩組，就各自分散成左右陣營。葛城一靠到平田身邊，就和他說起了悄悄話。

「就按照商量好的戰略一口氣進攻，知道嗎？」

「嗯，我知道。大家，各就各位。」

ＤＡ聯盟在兩名領袖之下，如倒桿大賽那樣思考著作戰。在平田說出指示的同時，我們D班就散了開來，站到自己分配的位置上。

作戰很單純，只有「配合身高差距排列」而已。藉由這麼做，就可以平均地好好施力。雖然這點也會流傳到對手那裡，但假設ＢＣ聯盟想效法，他們也無法在短時間內確實地按身高順序排列。

然而在這之前，ＤＡ聯盟發生了問題。與打算變更排列的D班不同，A班將近一半的男生連動都不想動。

「葛城同學啊，我真希望你別老是自以為是地指揮呢——」

不知從何處傳來這樣的意見。

「……你是什麼意思，橋本？」

叫作橋本的學生往前站了一步。他是個把偏長的頭髮整理在後腦杓，氣質超然的高大男人。表情感覺很溫柔，但露出鄙視對方般的眼神。

「就是字面上的意思。就是因為你的錯，A班現在氣勢才會急速下滑吧？你真的能斷定這個作戰可以贏嗎？」

出現了學生直接對身為領袖的葛城提出異議。葛城也增強了警戒心，我不覺得這個叫橋本的學生只是一介小兵。

不過——這時機還真是奇怪。

當夥伴的目光都集中在葛城與橋本，我回頭看了我方陣營，尋找坂柳。坂柳從一開始就以見習者身分觀戰，她一邊看著我們，一邊輕輕露出愉快的笑容。她就算遠遠看，應該也知道男生正在起糾紛。但既然她正在笑，可以考慮的就只有一件事情。也就是說，製造出這種情況的不是橋本，而是坂柳。雖然我想過我們會被對手找一些碴，可是我沒想到居然不是被別班，而是被A班找麻煩。她應該是要擊潰徹底對立的葛城吧。不過，這也太沒效率了。這行動有別於龍園的恐怖，在某種意義上也很令人害怕。

「怎麼樣，葛城同學？這個作戰真的能贏嗎？」

即使面對夥伴的背叛，葛城也沒亂了心情，而是這麼答道：

「D班學生也很不安，我們應該冷靜地進行比賽。」

「這不成回答耶——」

葛城打算平息騷動，但橋本等半數學生都不老實服從。

「葛城同學就說要我們做了，快點啦！別表現得這麼不像樣！」

在這種情況下，隸屬葛城派的彌彥粗暴地說道，硬是讓坂柳派的一名男生拿著繩子。

「我不打算否定你對我的指揮感到懷疑心情。但如果在此無謂地衝突，並且輸掉的話，在我們談合作和本領之前，坂柳便會產生責任，這樣也無妨嗎？」

「你什麼也看不見呢——葛城同學。」

橋本噗哧一笑。擔任裁判的教師打算勸戒我們這裡動作慢，而靠了過來，橋本之後便站到指定位置上握住繩子。

「來，我們來比賽吧。就如你所說，讓對手認為我們合作不足，也很令人氣憤呢。」

Ａ班的內鬨好像暫且平息了下來。我也隨後就位。

「Ａ班的傢伙們還真是殺氣騰騰耶。」

「我超不安的耶，或許他們果然只是書呆子集團。」

須藤就算只是看著，也可以知道Ａ班呈現異常程度的對立。

儘管如此，我們兩班還是混合起來，按照身高順序排列。最後方由對力量有絕對自信的須藤拉住。對照之下，由於ＢＣ聯盟沒有合作，所以他們以班級為單位，漂亮地劃分了開來。他們負責繩子前方的是Ｂ班，從排頭按照高矮順序排列，採用與ＤＡ聯盟完全相反的作戰。不過，因為Ｃ班是隨便排列，因此隊伍從正中央開始就很凌亂。雖然最尾端是由體格有一定程度的學生握住

繩子……但這還是洗刷不掉不協調感。

「嘿，居然把體格高大的放到前面，B班不懂呢。」

「不，也不能這麼斷言。因為拉繩的位置高，會比較有利呢。」

B班目的是——既然兩班之間無法合作，那即使只有繩子位置，也要占有優勢。

「就算這樣，我們占優勢也不會改變吧。要上嘍，各位！」

須藤喊道。比賽開始信號響起同時，我們便開始互拉繩子。

「一二煞！一二煞！」

基本上算在合作的DA聯盟，喊出了普遍認為是基本款的口號，同時氣勢滿滿地拉著繩子。

一開始看起來平分秋色，但幾秒後，情勢就一口氣傾向我們這方。

「喂喂喂！輕鬆輕鬆！」

不久，信號響起同時，DA聯盟宣告獲勝。

「好耶——！看見沒！喂！真狼狽耶！」

須藤反覆咆哮。對於勝負結果，B班露骨地對C班擺出不滿的表情。

「欸——我們不合作可就糟了喔——！畢竟對手很強。」

柴田代表班級向龍園搭話，但龍園完全不理睬他。

「好，你們換位置。矮子排前面。」

龍園命令亂哄哄的Ｃ班學生，重新調整成排頭是最矮學生，接著逐漸往後增高。隊形變得有點像是弓形。

他們好像不打算採納Ｂ班意見，想徹底隨自己喜歡的去做。柴田左右搖搖頭，感到傻眼，之後激勵了Ｂ班的夥伴，並且握起繩子。

「我們得手了呢，那種配置是不可能贏的。」

「也不能這麼斷言。各位別鬆懈，下次可就不會像剛才那樣了。」

包含須藤在內，葛城對他和周圍的學生如此建議。

「為什麼啊，不是贏得很輕鬆嗎？他們也不是像我們這樣按身高從矮到高來排列。」

池從容似的傻笑，一面握住了繩子。

葛城好像還想說下去，但中場休息結束，準備開始比賽。

接著開始第二回合比賽。

「一二煞！一二煞！」

ＤＡ聯盟就像第一回合那樣拉繩。然而，對明顯不同於剛才的手感，我心裡逐漸產生困惑。就算再怎麼拉位置都沒改變，只有股不安感湧現而出。

「喂，你們給我堅持下去。要是輕易輸掉，我可就要動用私刑——」

龍園漫不經心說出這般警告，繩子就同時被施以強烈力道，把這一方拖了過去。

這力量應該不是光憑一聲號令就可以突然躍升的吧。

也就是說，這是因為龍園排列的弓形改變了力量傳導方式。

「唔咦咦！痛痛痛！」

在後方握繩的池他們發出慘叫。

我也沒放水地用力拉，但這手感果然和剛才完全不同。

拔河賽幾乎勢均力敵。帶來分曉勝負關鍵的，應該就是意志差別了吧。

漸漸被拖過去的ＤＡ聯盟嚐到了敗北。正因為拿下第一回合賽，須藤認為第二回合的敗因出在自己這方的學生而發出怒吼。

「為什麼和剛才不一樣啊！是誰偷懶了嗎！」

他打算在同伴裡尋找犯人。葛城見狀，便立刻圓場。

「冷靜點。敗因應該是對手採用其中一種正確的陣型。當然，我們這裡有學生認為第二場也贏得了而驕傲自大也是事實吧。這樣你們應該就明白了。就算對方的團隊合作七零八落，他們也是有戰力的。請各位再次繃緊神經，並確認自己的站位。另外，你們可以在拉繩時，把它往斜上方拉。」

葛城一邊傳達精確的建議與指示，一邊讓所有人重新整隊。他採取了短時間內辦得到的最佳措施。另一方面，雖然對面的隊伍兩班之間沒合作，但有班級單位的統合。B班確實集中在拔河

上，在其後方待命的C班，則有龍園以號令確實地鼓舞著學生。

「好——以你們來說已經做得很好了。只要像剛才那樣再拉一次就行。給那些深信自己能贏的垃圾們一點顏色瞧瞧。」

儘管龍園完全沒傳達具體的拔河技巧，結果上也順利營運了班級，這部分也算很厲害吧。

雙方準備完畢後，最終決賽第三回合便拉開了序幕。我們進行第三次的喊口號。

「一二煞！一二煞！拉啊！」

這次和第二回合比賽一樣，沒有馬上分出勝負。

「你們堅持住！這場拔河我們絕對要贏！」

大家像在呼應最尾端須藤的吶喊一般，合作拉著繩子。

「一二煞！一二煞！」

對面就算再強，拔河上的勝負應該也不是純粹取決於力量。白旗開始微微靠向ＤＡ聯盟這方。

「別鬆懈喔！再拉一次！拉啊啊啊啊！」

須藤全神貫注使出最後的全力，比賽卻以意想不到的形式落幕。

我們明明比了很極限的比賽，但繩子的手感卻變得讓人覺得至今為止的對戰都無法想像的輕，大家的身體於是重重往後倒下。我們停不下這股力道，以骨牌般倒下的形式定出了勝負。

以須藤為首，幾乎所有學生都不知道發生了什麼事，就這麼倒在地上並表現出憤怒。從結果看來，這個情況顯然是對方班級放手導致。

「你們在幹嘛啊！別開玩笑！」

B班好像也對這狀況始料未及，一部分學生也跌倒了。

不久，矛頭便指向沒半個人跌倒的班級……亦即龍園他們那邊。

「我們是因為覺得贏不了，才收手休息的呢。」

在最後只差一點的場面上，龍園他們C班好像同時放開了繩子。

「你們可以撿到垃圾般的勝利，真是太好了呢。能看見你們趴在地上的模樣，還真有趣耶。」

儘管輸了比賽，龍園卻用比誰都更享受比賽的模樣笑著。

「你這傢伙！」

只是看見這種狀況的話，無法知道哪方才是贏家。

在最尾端的須藤一站起，也因為剛才骨牌般倒下的焦躁，而打算衝出去。不過，眼前的葛城急忙抓住了他的手臂，制止了他。

「住手，須藤。那也是龍園的作戰，他的目的是惹我們生氣，讓我們消耗體力。再說，他或許也是想讓我們引起暴力事件，藉對手犯規來取勝。」

「可是！」

「對方做出的事，確實違反運動精神，但是並不是犯規。」

葛城順利控制住有點失控的須藤。A班真不是蓋的呢。龍園好像判斷挑釁無法繼續得到成果，於是轉身離去。

「好，要撤退了，各位。」

C班迅速撤離。B班應該也很想抱怨吧。

「看來我們的運氣好像不錯，因為沒和C班編成一組就能解決。」

葛城有點放心地這麼說，接著拍了拍須藤的肩膀。

「雖然贏了，但總覺得真不痛快。可惡！」

我能理解須藤想發牢騷的心情。難得團體賽獲勝，但勝利形式變成被龍園以高明手法潑冷水。我們才想乘上這股氣勢，心裡卻有疙瘩蠢動。這表示他們就算要輸，也不會平白地輸掉吧。

拔河結束，我們回到自己陣營的帳篷。

路途中，葛城接近了平田，靜靜開口謝罪。

「剛才很抱歉。我無法統率班級，那是我的失誤。」

「你可以完全不用介意喔。而且我也覺得我們第二回合大意了。對吧？」

平田向我徵詢同意，我於是點了點頭。

「想不到A班也很辛苦呢。」

「……嗯。」

葛城好像不太想說出內情。他沒有否定，但也沒深入回答。唯一確定的，好像就是他被迫處在很艱苦的立場。

另一方面，須藤他們則把想法切換到下一場比賽。

「接著是障礙賽。我會把留下窩囊成績的傢伙們全部打趴。」

「唔呃，為什麼就非得被打趴啊～」

「因為我是領袖呢，我必須鞭策那些表現差的人。這可是很辛苦的呢。」

我想誰都沒期盼那種領袖，但我們無法強烈反抗須藤。

「作為參考，我就先問了……所謂的窩囊成績，是指第幾名為止啊？」

「還用說嗎？得獎以外的我都不認可。」

「好嚴苛——！」

「呼啊、呼啊……我拚命跑了，但只有第六名！健、健還沒比賽嗎？呼——」

池跪倒在地，同時大口喘氣。他應該很害怕須藤回來。

「那傢伙能不能拿個第四名啊——」

我不是不了解他想這麼祈禱的心情。因為萬一須藤沒得獎，他再怎麼說也就不會制裁別人了呢。讓人好奇結果的須藤的出場順序是最後一場障礙賽。

「綾小路，你跑了第幾名？確定要受死刑了嗎？」

「勉強第三名。」

「唔呃——真的假的，你居然被編組所救——」

接受須藤所有的鬧劇……不對，是接受他的制裁也很麻煩呢。

「須藤同學好像碰上柴田同學了呢。」

「嗯，是啊。」

柴田在須藤附近簡單暖身，蓄勢待發。真是來了個強敵呢。

「啥啊啊啊！健那傢伙又跟野村和鈴木同組了！真狡猾！」

然而，池看了須藤的比賽對象，也同樣看了除了柴田以外的對手，打從心底對這幸運的編組很不甘心。

連續撞上即使在C班中運動神經也特別差的兩人，確實很幸運。除此此之外的A班學生也是程度普通，這樣須藤就幾乎確定會得獎了吧。

雖然我懂他想哀嘆的心情，但唯有柴田另當別論。如果是傳聞中B班腳程最快的柴田，他幾乎無疑會擠進第一名。他在至今的兩項比賽上也都拿了第一名。

「你覺得誰會贏？」

我試著對很了解柴田的平田尋求意見。

「不知道耶。我很了解柴田同學的腳程速度，我想他不會輕易輸掉。如果是單純的直線比賽，我也覺得會是柴田同學贏……但因為須藤同學在練習時也輕鬆跨越了障礙物呢。這感覺會是一場非常棒的比賽喔。」

就熟知兩人的平田看來，他好像也無法明確說出誰會勝出。

身為當事人的須藤，也絲毫不認為自己會輸。如果那份傲慢不會害他被趁虛而入就好。當事人不顧我的擔心，從容地等待信號。前面的跑者們跑完，最終比賽於是拉開了序幕。

須藤和柴田幾乎同時完美起跑，前往最初的障礙物——平衡木。雖然須藤個子很高，體格也很魁梧，卻比任何人都快走過平衡木。動作可見平衡感之好。第二名是柴田。儘管遲了一些，但他也安全走過了平衡木。他隨後跑一小段距離，便開始鑽起鋪在操場上的網子。面對只顧前方、如猛獸般突進的須藤，柴田開心地追逐著他。最後的障礙物——僧侶袋，就是把雙腳放入現在來說的「布袋」中接著往前跳。須藤在此也是與體格不相稱地靈巧活動，但從背後追來的柴田卻縮短了距離。

「這是今天最激烈的比賽呢。」

兩人被認為體能不分軒輊，而其中一方則正要勝出。柴田至今都保持一定距離跟著，須藤發現他的存在，首次表露出了焦躁。他恐怕也聽見了背後的跳躍聲吧。但也因為有在最初階段製造了領先，須藤於是留下大約一公尺的差距，衝過了第一名的終點線。好像也因為全力比賽的影響，就算遠遠看，也可以知道須藤上下起伏肩膀喘著氣。

須藤和柴田的跑步能力幾乎不相上下。不，單論跑步能力，或許就如平田所說，是柴田比較占上風。視比賽或時機而定，須藤應該也不能說是無敵的吧。

不管怎麼樣，須藤這麼一來就威風凜凜地連三次拿下了第一名。

須藤威風凜凜地歸來，對畏縮的池態度強硬。

「喂，我可是看見嘍，寬治。你這傢伙是第六名，對吧！」

「你、你剛才第一名也很驚險吧！這樣就扯平了吧！」

這完全不算扯平。池因為多嘴，嚐到尼爾森固定技。

「我可是拿了第一名。柴田那傢伙的速度也相當快呢，不過我擊敗了他。」

擊敗連兩次第一的柴田，對瞄準學年第一的須藤來說，是很好的展開。

6

我們沒時間慢慢來，就進入了兩人三腳的準備。

另一方面，女生障礙賽從第一組開始就成了風波序幕。

堀北為了挽回剛才的結果而上前挑戰，但一開始就被C班兩人甩開。

「這發展剛才也見過耶。」

「她好像又和矢島同學、木下同學同組了呢。」

堀北不只是運動，她對課業等各種事都擁有很高的潛能。即使如此，要贏過特別訓練過的人也很不容易。比賽一開始，木下便飛奔而出。她最先踩上平衡木，把後續追來的對手遠遠甩開。第二棒是矢島。開局形式變成堀北在追趕她。不同於純粹考驗跑步體力的一百公尺賽跑或是跨欄，多虧障礙賽有加入各種不確定要素，差距才意外沒有拉大。堀北走完平衡木後，幾乎把距離縮短至並排的狀態。

「這次似乎有機會耶。」

須藤好像也在附近替堀北加油，他邊用力握緊拳頭邊看著堀北的情況。堀北鑽出網子時終於

往前躍升。但木下也跑得很快。她在障礙物之間的短距離內拉近了距離，再次躍居第二名。

矢島第一名的名次應該不會動搖。堀北為了拿下第二名而全力奔跑。堀北在快抵達跳布袋前，與有點失去平衡的木下拉近距離。超前之後就全力奔跑，甩開了對手。其差距應該是一兩秒吧。

堀北全速跑最後的五十公尺。然而，她好像很在意背後逼近而來的木下，頻頻小幅回頭瞄對方好幾次。那似乎讓她速度降低，堀北再次和木下並肩而行。下個瞬間，為了超前而奔跑著的堀北與追上來的木下纏在一塊似的一起摔倒。

「唔喔！情況好像變得很糟糕！」

雖然距離太遙遠，不知道是誰去撞對方，但那看起來是比賽造成的糾紛。兩人在爬起來的期間不斷被對手超越，一口氣就掉到後面的名次。她們似乎無法立刻爬起，彼此都在塵土中拚命試圖站起來。儘管堀北算是可以繼續比賽，但那件意外影響到了最後，她以始料未及的第七名結束比賽。另一個跌倒的木下，她的腳好像相當疼痛，因為無法繼續比賽，而以最後一名告終。從堀北是被大家期待得到第一名的這點去想，這大概會留下遺憾吧。這樣堀北就是第一名、第三名、第七名了吧。唯獨這次比賽，我們只能把它判斷成是不走運的事件。

「……………」

「怎麼啦，綾小路同學？」

「如果下次也同樣發生『巧合』，或許就無法稱之為『巧合』了呢。」

我對平田觸及剛才沒對他提及的事。

「你果然也這麼想嗎？我覺得現在其他學生大概也一點一點開始感受到了吧。但是變成這樣，也就代表——情況正往不好的方向發展呢。」

很遺憾，但他的理解是對的。

「萬一出現察覺這點的學生，到時可以交給你照顧他們嗎？」

「當然呀，因為那也是我的職責呢。但我們就沒什麼辦法嗎……」

「要是有就好了呢。」

我對毫無不願之情接受此事的平田感到放心，接著前往那個看起來很不高興的少女身邊。

結束障礙賽歸來的堀北神情凝重。

看見明顯感受得到異樣感的走路方式與舉止，情況就很一目了然了。

「痛嗎？」

「……一點點而已，不至於對比賽造成影響，我稍微休息就沒事。」

雖然這般逞強，但她看起來連坐下都有困難。

我抱著惹她生氣的覺悟，試著輕輕摸了感覺她受傷的地方。

「唔！」

「這不就是會造成影響的程度嗎？」

「別隨便碰我。還有你別管我，我只要忍耐就好。」

被賦予獲勝義務的立場，在這種時候就會很痛苦呢。何況，如果是堀北這種自詡會做出成果的人，又更是如此。

「唉，畢竟退出比賽的話，分數本身也不會進來呢。我了解妳想努力的想法。」

我才在想她是不是會瞪引起疼痛的我，她卻說出了完全不一樣的話。

「比起這個，我不高興的是那個女生。那看來是惡意碰撞。」

「……意思是？」

「她跑在我後面，邊跑邊喊了好幾次我的名字。」

所以她才會在比賽中不時回頭啊。

「再怎麼樣我也覺得那很奇怪。但是回頭之後，她馬上就來撞我的身體，然後就如你看見的這副狼狽樣。我也想過要抗議，可是一般撞在一起根本就不會喊什麼名字。」

確實，很有可能是對方突襲害她跌倒。

「真是一點也不走運……比賽明明還只是中間階段……」

以全校來看的話，就我所知道的，堀北應該就是第三名傷患了吧。

二年級一名學生在賽跑途中跌倒，因為腳傷得很嚴重，而退出了比賽，但那名高年級學生的狀況是單獨的事故，因此好像沒有特別被視為問題之處。

「與其擔心我，你應該擔心你自己。你成績比我差吧？」

堀北拿下第一名、第三名，以及因為碰撞事故得到的第七名，成績是三十分。我則是二十七分。要說是些微差距，那也確實是這樣，輸給她也是沒有改變的。

「我會竭盡全力去比。不過，妳也別勉強自己喔。」

「我就算用爬的也打算參加比賽。」

我被留下這段話的堀北趕走，所以就去做下場比賽兩人三腳的準備。

「堀北同學的情況如何？」

平田遠遠地確認情況，操心地前來搭話。

「好像滿嚴重的耶，感覺也會影響到之後的比賽。」

「真是艱難的發展呢。」

我們互綁繩子，同時這麼重複簡短對話。

不久，一年級男生的兩人三腳開始。每個小組陸續起跑。

這場體育祭也因為學校徹底管理，比賽於是進行得沒有時間上的浪費。做法很漂亮，與行程表預定時間幾乎沒有差異。

兩人三腳必然會兩人一組，因此一趟是少少的四個組別在跑。

我們前一組起跑的須藤囤積著憤怒值，起跑向前飛奔。

須藤的隊友是池。正常想的話，這組合看起來很不搭調，風險似乎很高，但藉由採取某種方法，這組合就可以轉為勝利。

「哇啊啊啊啊！」

池在比賽中發出慘叫。看來須藤好像第一步就爆發出招式。在某種意義上，那是兩人三腳的究極必勝法。須藤以半抬起池的狀態全力向前暴衝。雖然在某意義上近似犯規，但乍看之下算有勉強維持兩人三腳。須藤強行支撐著池，同時成功摘下第一名。

「正因為狀況艱苦，須藤同學非常可靠呢。」

雖然被選為隊友的池很可憐，但他拿得到第一名應該就可以滿足了吧。

「確實很可靠。但就取勝部件來說，只有須藤也很不夠。」

要是無法控制那傢伙，他仍是會傷及我們自己的雙刃劍。

「我們也跟上須藤同學吧。」

平田在說出這句話的同時起跑。幸好，跑同組的其他成員中沒有出色對手。也因為搭檔的契合度很好，我們和須藤相同，以最高成績第一名結束了比賽。

這樣誰都不會有怨言了吧。

「呀——！平田同學好帥——！」

不過，女生對平田的歡呼聲好刺耳……

接著，女生的兩人三腳開始。第二組的堀北、櫛田隊開始準備。

這配對是稍微學會讓步的堀北，以及懷有讓對方心情的櫛田。雖然關係本身非常糟糕，但利害關係一致都是取勝，因此應該沒問題。

現在正是發揮練習成果之時。

她們看起來沒有交談，淡然地進行準備。

就知道內情的我來看，這配對實在很奇妙，但從看著她們的D班學生立場來看，這大概像是令人放心、安全的實力配對。

起跑是第二名，狀況良好。大家對這不錯的起跑發出歡呼聲。

「上啊！鈴音！」

拿了第一名的須藤得意忘形，用違反約定的名字這麼喊道，不過那並沒傳到堀北耳裡，因此應該算安全吧。可是堀北馬上就失去速度，漸漸掉了名次。

回過神來，跑在第一名的就是A班女生。那是好像與堀北擁有相同氣質的美女所引領的配對。其後則有第二名含矢島在內的C班配對追趕著。

「樣子有點奇怪耶。」

「啊？你在指什麼啊？」

聲援比賽的須藤沒面向我，就這麼追問我的自言自語。

「哎呀……我剛才是在想堀北的動作很僵硬。」

「……經你這麼一說，確實是這樣。」

堀北練習時經常強行拉著對方，正式比賽上看起來卻是被櫛田引導。看來腳部的疼痛果然大有影響。

也可想像這是因為搭檔是櫛田的關係，但堀北在障礙賽跌倒時，腳部受到的傷害似乎相當嚴重。

儘管她看起來拚命想提昇速度，但身體感覺跟不上。

別說是縮短與第一、第二名之間的差距，她們還逐漸被拉開距離，最後一名的B班於是逼近而來。

兩人為了不輸掉比賽，好像決定切到能甩開對手的跑道。目的是藉由占在B班前方，妨礙她們前進的道路吧。

B班也不服輸地嘗試超前，但她們的跑步能力幾乎相同，因此不太順利。

觀眾對激烈的第三名爭奪戰也發出了聲援。堀北她們分神在阻擋對手去路，一瞬間被對方有機可乘，不小心允許B班逆轉。

「唔喔喔喔，好可惜！」

雖然跑得很拚命，但結果是最後一名。備受期待的勝利再次遠去。

7

進入十分鐘休息時間，大家各自去洗手間，或去補充水分。堀北留下一句要去保健室拿貼布，就往校內走去了。雖然說是杯水車薪，但總比什麼都不做還好吧。

我決定不移動，留在自家陣營觀察別班的情況。就算只是遠遠地觀察集團，也可能獲得種種消息。而A班果然如實地表現了出來。

葛城和坂柳之間的歪斜關係浮現出來。明顯的兩派系在這裡用肉眼即可看出。雙方同伴好像都不打算親近對方，幾乎沒有接觸的跡象。

班上有兩個人當領袖，這本身絕不奇怪。我們班也是以平田為首，同時還有輕井澤或櫛田，而這次則由須藤帶領班級。

雖然每次都反覆變化，但即使如此，班上還是在某種程度上團結一致。內部沒分裂到互相仇視。

然而，我知道A班是露骨地互相敵對。這是在至今考試上看不出來，無法只憑點數增減徹底

判斷的事實。

「虧他們可以失和到這麼誇張的境界呢。」

坂柳派果然人數較多。

不久，從洗手間回來的平田來到我身邊，我決定向他搭話。

「欸，坂柳是怎樣的學生啊？」

「綾小路同學，你好像果然也對她很好奇呢。」

「聽見她擔任與葛城對等，或更勝於他的領袖，再怎麼說都會好奇吧。」

我不懂的是坂柳這名少女的想法，以及她的狀態。關於這次體育祭，她沒做出任何要求，只是貫徹了沉默，然而卻做出了妨礙葛城般的舉動。那不是與別班之間的競爭，而是只限班級裡的鬥爭。她甚至好像認為若是為了擊敗葛城，就算失去點數也好。

為了支配班級而敵對，作為可能性當然也是有可能。不過一般來想，敵人的敵人就是夥伴。先為了不輸給別班而攜手合作才比較尋常吧。

「她說話語氣有禮，給人印象很好，而且也很乖巧，所以我沒特別覺得奇怪。別班學生應該也一樣吧。但她在A班裡好像不一樣呢，聽說她很具攻擊性且冷酷。」

對方當然有我們所不知的一面，但也不能全盤接受敵對陣營的說詞。因為我就連和她交談都沒有過。

沉且，這場體育祭對她而言，無疑是場無法干涉的考試。既然她身體不允許運動，也許沒打算露骨地採取行動。

「這次應該不用留意A班吧，畢竟他們是夥伴呢。」

「是啊。」

互扯後腿幾乎沒有好處。起碼他們應該不會執行對D班的妨礙活動，我也能斷言他們目前還沒執行。另一方面，就算做出妨礙活動也不奇怪的C班又如何呢？我望向對面陣營。在那裡，男學生們以龍園為中心，彷彿追隨國王似的集結成群。他是目前以最異質的戰略在戰鬥的男人。

他在這場體育祭上採用攻擊別班精神的作戰，讓人蒙受打擊。尤其須藤深受其害。除此之外，也有好幾項戰略般的東西若隱若現。

而最後，與強敵A班敵對，並與可能背叛的C班組隊的B組，他們的情況又怎麼樣呢？一之瀨他們總是開朗、正面地行動，堂堂正正地戰鬥。就我一看，感覺其體制並無異狀。因為各種學生都掛著笑容，不斷有肢體互動，看起來都打從心底在享受體育祭。

不久休息時間結束，比賽順序就暫時顛倒過來，由女生騎馬打仗揭開了序幕。所有一年級女生都集中在操場中央。當然，這裡也是DA聯盟、BC聯盟之間的對決。

騎馬打仗的規則男女皆同，採限時方式。比賽機制是按照三分鐘期間打倒的敵方馬數、留下的夥伴馬數來獲得分數。馬是四人一組，班級將各自選出四匹馬，變成八對八的形式（因此部分多出的學生會作為候補、預備人選）。每匹馬是五十分，而每班只有一匹馬會存在主帥騎士，主帥保有一百分。活下來既有分數入帳，奪取對手頭巾也會得到同等分數。如果擁有以一敵百的力量，要一次獲得四五百分也不是不可能。順帶一提，堀北擔任了D班其中一名騎士，支撐下方的是石崎、小宮、近藤，以機動力來說還不錯。其他騎士則選出了輕井澤、櫛田、森。

問題大概是森那組是不擅長運動的學生所構成的馬。要是被盯上的話，可能會率先被擊敗。她們好像展開這樣的作戰——刻意透過把那組脆弱的馬設成主將，不讓她們去參加戰鬥，以三匹馬保護主將的形式圍住她們。

C班與B班學生與比賽信號同時動作，靜靜地開始縮短距離。

在那之中也充滿幹勁的，果然就是C班的伊吹。擔任騎士角色的伊吹，毫不猶豫地下達指示，往著堀北前進。不對，不僅是伊吹。

「喂、喂喂喂，那是怎樣啊！」

看著比賽的池如此喊道，我立刻感覺到我身旁的須藤在咬牙強忍。

C班完全不理另一個敵人A班，也完全不看D班主將或者其他馬，而只包圍住堀北的馬。目的也太明顯。

四匹馬襲向堀北。對面的戰略是逐一擊破嗎？抑或是認為只要擊敗堀北就好呢？如果是龍園在指揮的話，哪種都有可能。

在寡不敵眾的狀況下，我們期待的是幫手A班，然而A班好像打算坐等漁翁得利，只有進行牽制，沒明顯表現得要參戰。

「那明顯是在盯著堀北耶。」

「可惡……那是龍園的指示吧！那個白痴廢渣！」

「哎，沒辦法吧。堀北正作為統整D班的人物廣為流傳。」

擒賊先擒王的重要性，不管在戰爭還是比賽上都是一樣的。龍園的手段絕不算是不好。

看見這情況最先動作的，是輕井澤率領的馬，她們打算趕去救援。在中間支撐輕井澤的篠原向前奔跑。然而，阻擋她們的卻是B班的主將馬——一之瀨。不同於A班，B班確實輔助了獨斷行動的C班。輕井澤碰上了一之瀨，先動手的是輕井澤她們。

那也是必然的吧。要支援正被盯上的堀北，就必須速速解決對方。

支撐輕井澤的三名女生沒有突出的運動神經。她們的馬完全是以關係要好的朋友組成，並以團隊合作為核心。對照之下，一之瀨則把B班裡也屈指可數的實力者們安排擔任馬匹。她們絲毫

不怕輕井澤進攻，以凌駕其上的輕快動作迴避攻擊。

但另一方面，可以直接攻擊的一之瀨，她們的動作沒那麼敏捷。面對那些攻擊，輕井澤算是有順利應對、成功對戰。團結力ＶＳ機動力的比賽，呈現出意外的拖延狀況。

「真是場精彩的比賽！」

在場面情緒高漲之時，除了僵持不下的兩匹馬，情況也開始出現變化。

歡呼聲四起。在我看著輕井澤她們動作的期間，一匹馬的頭巾被敵人給奪走了。果然是堀北。她被四匹馬同時猛攻，無法徹底避開那些糾纏不休的攻擊，於是便被擊沉。她好像是相當誇張地落馬，倒在地上不甘心地試圖撐起上半身。然而，若是剛才那種狀態，即使是須藤也沒勝算吧。敗因在於Ａ班沒立刻趕來救援。

無論如何，過去的事都木已成舟。以堀北的敗北為開端，比賽開始混戰。缺一匹馬的Ｄ班受到Ｂ班追擊，結果眨眼間合作就亂了套，輕井澤以外的兩匹馬即使抵抗也依舊落馬，或是被奪走頭巾，如此虛無縹緲地脫了隊。

輕井澤與一之瀨展開互相抗衡的戰鬥，雖說是一瞬間的事，但輕井澤被帶到八對一的場面，就在最後眼看要掉下去的那一刻，抱著同歸於盡的覺悟，成功從Ｂ班其他馬上搶下頭巾，並藉由互相攻擊成功決出勝負。儘管失去一匹馬，Ｃ班與Ｂ班還是襲向剩下的Ａ班，把她們全滅了。相反地，我們則遭受對手隊伍損失兩匹馬就了事的慘敗。

堀北忍住心中不甘，返回陣營。須藤立刻上前搭話。

「妳別在意，剛才那是沒辦法的。是說，那是錯在其他傢伙太晚掩護妳。」

「……我確實是輸了沒錯。而且，我還被對方的氣勢鎮住。」

C班確實傳來了就算是爭口氣也要弄倒堀北的馬的那種氣勢。

我剛才也想過，那不管是哪匹馬都敵不過吧。

「交給我吧，我一定會連妳的份一起大鬧一場。」

須藤耍帥地這麼說道。平時不會傳達過去的話語，好像也稍微打動了現在脆弱的堀北。

「就讓我期待一下吧。」

雖然很簡短，但她這麼回應須藤。

「好，走啦！各位！」

須藤喊道。男生的騎馬打仗開始舉行。我作為馬的角色負責右方，須藤在正中央站穩，左方是三宅，騎士則是平田——我們這麼編成班級裡最強的馬。

這是假如同伴的馬被打敗，也擁有獲勝可能的以一敵百型。

「喂，平田。你只要集中在不被搶走頭巾，還有別掉下來。」

「……也就是說，要使用上次那個作戰，對吧？」

「因為我們可是在倒桿上被狠狠打敗。我們要毫不留情地前去取勝。」

雖然看不見表情，但我只知道須藤冷冷地笑了。他的計畫是使用課堂上練過好幾次的那招，以殲滅敵人為目標吧。

「不過，能不能也讓我做出一項提議呢？看了剛才女生的比賽，我想到一個獲勝方法。我也已經告訴了葛城同學。因為被逐一擊破會很難受呢。」

比賽開始信號響起同時，D班的馬在平田指示下，全部都和A班馬隊會合。透過混入A班強制形成巨大集團。雖然A班在女生比賽上曾對受襲擊的D班見死不救，不過A班應該也不想輸吧。

C班擔任主將的龍園見狀，便無畏地笑了出來。

既然無法取得細微合作，就用大略命令強行統一步伐。八匹DA聯盟的馬與葛城的號令同時往對手隊伍突擊。

「目標就是可惡的龍園一人的腦袋！喝！衝啊！」

整個運動場轉眼間開始比賽，這情況下平田的馬——須藤全力飛奔而出。面對這可以理解成是半失控的行動，B班騎士擋住了我們的去路。然而……

「別礙事——！」

須藤沒有停下，而是整個身體衝撞敵方騎士，破壞其平衡。

「唔哇！」

對方在體格上輸給須藤，因而束手無策地連人帶馬摔落。

他如野獸一般俯視對方，接著轉移到下一個獵物。似乎有些地方撞人也會被當作犯規，但我們已經向學校確認過，那在此不會有規則上的問題。

「怎麼樣啊！喂！」

以開幕時的強烈印象，使對手隊伍感到害怕。若不具備體格與性格，這方案便無法實現。

然而，這個強攻方案也有缺點。即使讓騎士摔落，這也不會被視為奪下頭巾，而會被當成自殺舉動。本來應得的五十點，將會無法定出結果。即使如此，如果去搶奪頭巾，我們也會背負相應風險。就有須藤作風的作戰來說，這應該是可行的，但我們還不能大意。B班有加入神崎、柴田，有效運用機動力的主將馬，C班則留有把龍園安排在騎士，下方集中以腕力為傲的力量型之主將馬。只要不打倒這兩匹馬，DA聯盟就沒勝算。龍園的想法也很難預測，令人毛骨悚然。

「須藤同學，先從周圍的人開始打倒吧！龍園同學最後再來！」

「啥？別說那種溫吞的事情啦！目標是主將的腦袋！」

我也不是不了解須藤這麼喊著說的話，但擋在龍園前的人牆很厚。

「要是在這裡沖昏頭，就會正中他的下懷！為了贏到最後，我們做必須去做的事情吧！」

「嘖——！」

C班兩組馬襲來我們面前。

儘管心裡有被他狠踩的怨恨，但須藤還是使勁忍住想襲擊龍園的想法。

「好啦——先把這些傢伙打垮就行了吧！」

要打倒這些對手必須讓須藤集中精神。平田順利地控制住了他。

雖然倒桿大賽上我們在壓倒性力量前輸掉，但這次發展可不一樣。須藤擊潰了B班與C班加起來的三匹馬，展現了壓倒性的力量。葛城他們就像在乘上這股氣勢一般，儘管失去了三匹馬，他們也成功討伐了柴田、神崎的馬匹。

殘存的敵人就只有主帥馬——龍園。另一方面，我們則製造出讓平田、葛城這兩匹馬存活下來，D班同時還有另一匹馬存活的絕佳狀態。

「喂喂喂，這可是三對一喔。我們要拿下這場比賽了！」

葛城和平田互使眼色，兩匹馬包圍了龍園。另一匹馬也在稍遠處盯準了龍園。從龍園搶下一條頭巾看來，這也可以在一定程度上推測他的馬匹的強度，但即使如此，應該也是寡不敵眾。

但龍園卻不慌不忙、不為所動。倒不如說，他看起來就像在享受這窮途末路的狀況。

場面籠罩著他既沒對我們大意輕敵，也沒認為自己輸了的這般氣氛。假如平田、葛城同時上前，就算最壞情況是一匹馬被打倒，其中一方也會奪走龍園的頭巾。這樣就確定會贏了吧。

正因為這種情況，龍園才會趁機攻擊對手的心。

「我記住你的名字了，須藤。你剛才被我踩，好像很痛苦呢。」

「要講給你講，我現在就去把你打倒。」

「區區一個馬腳，還真是自以為是。俯視馬的感覺還真是不錯。」

「嘿，乘在馬上的未必就比較了不起。」

「哦……既然如此，假如不來個單挑，就沒意義了呢。」

「啊？」

「哎呀，你如果要說不二對一就贏不了我也沒辦法。不過，所謂『勝利』基本上都是單挑贏才有意義。難不成你以為靠夾擊就能贏嗎？」

「你說什麼……！」

「不行喔，須藤同學。要是中他的挑釁，可不是好辦法。我們和葛城同學合作吧。」

「……我知道啦。」

「不懂的人是你，須藤。你之前好像替我關照過這些傢伙，當時你也使出了卑鄙手段吧？畢竟你無法正面擊敗我信任的夥伴呢。」

支撐龍園身體的部分馬匹，同樣也是和須藤引起問題的那些籃球社員。

「別開玩笑，那些傢伙可是不會打架的廢渣。」

「你明明就沒證據，還真強硬啊，喂。如果不是這樣就來單挑啊。要是你這樣就可以打敗我，要我磕頭道歉還是什麼的我都會去做。」

「……那就說定了。你別忘了剛才的話，龍園！聽見了吧，葛城，絕對不要出手！」

「你在說什麼，錯失這個機會可是愚蠢的行為。我們應該確實地以夾擊打敗他。」

「你出手的話，我就會弄倒你的馬。」

看來他好像已經中了龍園的粗劣挑釁，腦中已經只有單挑了。

他很了解須藤原本就容易和人吵架、強硬的性格。

「你無論如何都要一對一是吧，須藤同學……既然要比，我們就要贏。」

平田也很清楚須藤的個性與行動。一旦切換至生氣模式，就不太能恢復冷靜。平田好像判斷在此貿然繼續說服也不會有好處，於是肯定了單挑。

「當然。你絕對不要被搶走頭巾喔，平田！」

馬匹因為須藤的強硬信號向前衝。葛城露出煎熬的表情，但還是決定守望戰局。他判斷須藤雖然是同伴，但如果自己出手就會攻擊過來。

須藤衝入敵營，用身體撞上。然而，對手的馬卻紋風不動，用力地站穩。力量不分上下。保護龍園的馬匹，其中心就是傳聞中的混血兒——山田。他的魄力驚人，力量強壯就如傳言一般。

須藤咂了嘴。那是對於無法蠻幹到底的焦躁吧。支撐平田兩側的我和三宅，當然無法輸出須藤那種水準的馬力。假設須藤的馬力是十，我們倆就是五。對照之下，龍園的馬就是混血兒山田

九或十，其餘七或八的這種強敵。

「真有趣耶，欸欸欸，來啊。你力氣是輸給我家淑女車了是不是？」

挑釁平田的龍園沒有先動手，而是招了招手。

龍園在至今的比賽，也因為受惠於對手，他在個人競賽上全都是第一名，運動神經不錯。

他巧妙迴避平田伸去的手，同時觀察我們的情況。

就我邊支撐平田，邊觀察與龍園的攻防看來，雙方的實力幾乎旗鼓相當，哪一方勝出都不奇怪。可是龍園語氣本身很挑釁，卻沒看見他做出徒勞的進攻。他以平田進攻三次、自己進攻一次的比例保留體力。總之，這場對戰只是勝利的必經過程，也是他正在對後方等著的葛城等人保留體力的證據。他好像完全不打算輸掉。那麼，我們就必須攻其不備。只要反覆攻擊，機會也會造訪平田。

「還沒好嗎！平田！」

須藤獨自應付從對方馬匹接受到的大部分攻擊，發出痛苦的聲音。

「還差一點——！」

平田摻雜假動作，同時伸出手臂。他的手臂抓住了龍園那條總算屈服的頭巾，但他抓住的只是前端幾公分。平田拚命把頭巾拉近手邊。

「唔！」

平田確實抓住了頭巾，但好像還不至於奪下，頭巾於是從他手上溜走。

「你在幹嘛啊！平田！拿下來啊！我耗了相當多的體力耶！」

「抱歉……手滑了一下！」

雖然須藤氣喘吁吁，但他還是再次瞄準攻擊。龍園則無畏地等著他。

有別於龍園目前都還沒做出像樣攻擊，老是在進攻的平田已經開始喘了。

「怎麼啦，你們的程度就這樣啊？」

「唔……！抱歉，須藤同學，先撤退一下！」

我們遵從這麼喊著的平田，先保持了一段距離。激烈動作的我方，與幾乎在原地不動的龍園，兩方的體力消耗不同。龍園應該甚至看準在打倒我們之後與葛城之間的戰鬥吧。

須藤的膝蓋開始顫抖，氣喘如牛地重整架式。

「接下來……就是最後了，平田。你絕對要奪下！」

「……我知道了，我一定會辦到。」

平田也稍微平穩呼吸，專注在奪取龍園的頭巾。

「接招！」

他擠出最後的力量，整個身體撞上去，但對手的馬依舊不至於倒下。我們再次進入騎士之間的對決。但是，平田預計對手不會攻過來，於是做出了賭注，並且毫無防備地伸出了手。

背負該風險產生了相應價值。

「拿到了！」

那隻手臂筆直、光明正大地伸了出去。平田又成功握住了頭巾。然而，頭巾卻再度從那隻手上溜了出去。

「什──！」

平田的姿勢變得毫無防備，龍園沒漏看他的動搖，於是捉住他的頭巾。龍園那隻以反擊形式緊握頭巾的手，位在頭巾深處。他強而有力地一拉，頭巾便輕易地三兩下就從頭上脫落下來。須藤在感受敗北的同時垮下膝蓋，平田便從馬上摔了下來。

平田的頭巾被高高揭起。裁判下達警告，要我們立刻從陣地內出去。

「可惡！」

狂暴的須藤一邊站起，一邊怒瞪龍園。

可是，待著不動也不知道會受到怎樣的勸戒。我推著須藤的背，走向外面。

「真可惜耶。」

龍園留下這樣一句嘲笑。

現在接受敗北還太早。留下來的A班葛城──主帥馬，勇敢地挑戰了龍園。擔任馬頭的葛城對身為騎士的彌彥下達指示，做出徹底的頑抗。因為須藤撤退，D班剩餘的一匹馬也加入戰局，實現了二對一。

不過，比賽狀況就和平田一樣，展開了以為就要拿下頭巾卻抓不著的這般類似發展。最後，彌彥和D班都被搶走了頭巾。

儘管是最小限度的動作，但龍園展現出壓倒性的強度，存活到了最後。

比賽結束信號響起，龍園就拿掉自己的頭巾甩了起來，彰顯他的勝利。他那樣徹底重複挑釁行為，應該也是戰略之一吧。

「我明明就不想輸給他！你振作一點啊！平田！」

正因唯獨不想輸給龍園，須藤的挫折感達到了今日最高點。

狀況漸漸變得就算他開始抓狂，把場面弄得一團亂都不奇怪。

「抱歉，須藤同學。因為頭巾濕得很奇怪，我才拉不下來。我還以為那鐵定是汗水，但總覺得有點奇怪……」

平田這麼說完，就把手伸來給我們看。我用指尖摸它，了解上面附著有點黏性的透明液體。

「這不是汗呢。」

「也就是說，那個混蛋……！」

自己也用指尖觸摸確認的須藤，當然般地逼近了龍園身邊。

「喂，這是犯規吧，你這傢伙！你在頭巾上抹了什麼吧！」

面對須藤的吼叫，龍園一點也不慚愧，而堂堂正正地說道：

「啊？才沒有。倘若真是如此，那應該也是髮蠟吧。喪家犬真會吠耶。」

他斷言那應該是綁頭巾時從頭髮上沾到的。

不知道是他在勝利同時揮舞頭巾的影響，還是他已經在地上擦過，龍園手上拿的頭巾已經沒那麼濕濡，只有被弄髒而已。證據好像已經被湮滅了。

「須藤，在這裡會造成騷動。我認為先回帳篷會比較好。」

我可以看見裁判明顯在瞪著我們這邊。就算引起騷動，我們大概也拿不出龍園塗了東西的證據，我想實際上他應該也是使用了髮蠟。若非如此，他應該不會使出有風險的犯規招數。

「我知道啦！是說，綾小路你也是戰犯！給我撐穩一點啦！」

回帳篷後，須藤也沒有恢復冷靜的跡象。

我們暫時讓他獨處冷靜，而保持了一段距離。

我和平田從騎馬打仗歸來。前來我身邊搭話的人是輕井澤。

「欸，清隆。情況好像很糟耶。」

「妳指什麼？是說，妳為什麼要直呼我的名字啊。」

「問我為什麼……我都叫他洋介同學，所以就姑且這麼叫你了。」

那麼，她為何要直呼我的名字呢？應該單純是把我看得比平田還不如吧。

我不須想得這麼深入……應該就是這樣。

「話說回來，堀北同學好像從剛才就陷入了相當艱難的苦戰耶。她在剛才比的騎馬打仗上也被弄得很狼狽，就算說要掩護她，那也太誇張了。」

「是啊。」

堀北在競賽上遭受折磨，不僅是團體賽，整體名次也大幅落後。其理由顯而易見。她在障礙賽右腳受了傷。通常應該都會想提出棄權，但那樣D班應該又會大幅倒退了。

「唉，我也不是打算責備她，是對手太糟糕了。」

就如輕井澤所言，那不是堀北的錯。她全碰上了棘手的對手。不論是哪項競賽，讓她和社團裡數一數二的學生們比賽，再怎麼說都很難勝利。

但把這當作偶然來解決也太偏頗。

「那也是難怪，因為她完全被盯上了呢。」

「你說被盯上，意思是她碰上一群厲害的人不是出自偶然？」

「也只能那麼想了。妳也知道那傢伙的運動神經有多好吧。」

那不是堀北不好，只是她要競爭的對手更勝一籌。

然而，不論在敵我之間，連續拿下下段名次應該都會顯眼得不得了。

尤其堀北開始受人矚目，所以更是如此。

她在騎馬打仗上也是最先被盯上，那根本完全就是因為被敵人瞄準。

指示那麼做的恐怕就是——

在對面陣營表現得像個國王的龍園翔。除了那名男人之外，別無他人。

比起讓C班贏，那傢伙正在以現在進行式打擊著堀北。

「那就是所謂的找碴呢。」

「某人正在找堀北同學的碴……？但那是怎麼……」

「順帶一提，不僅是堀北，所有人會在第幾組出場比賽，這些全都被別班知道了。敵人對擅長運動的須藤、小野寺編排弱的對手，對不擅長運動的外村、幸村等人編排可以勉強贏過的學生。總之，我們被對方隨心所欲玩弄於股掌之中。」

而且對方全都同樣是C班的學生。

「……班上資訊洩漏出去……你是說，參賽表的名單走漏了嗎？」

「對。我們預先決定好的一切都作為消息傳給了龍園。」

「那種事情……但堀北同學的對手確實一直都是——矢島同學和木下同學……之前你說過某人會背叛，也就是說和這件事情有關聯？」

我輕輕點頭，讓她了解狀況有多麼不妙。

「為什麼……你會知道那種事情……？該怎麼說呢，你如果說你就是叛徒，我甚至還比較不

驚訝……但並不是這樣吧？」

「很遺憾呢，我不是。」

先不論「是誰」的這部分，班上資訊外流的這件事實，才是最重要的。

以平田為首，決定好的比賽順序、戰略，全都被龍園知道了。

那傢伙以那些情報為依據實行了兩件事。

一是對須藤或平田等優秀學生編排弱的學生，然後確實地編排運動神經更佳的學生給池或山內那種運動白痴，投機取巧撿勝利。我方當然也是意識到這點才做出編排，但C班知道一切而且慢出招，無疑更可以拿出成果。

另一個便是瞄準堀北。然而，這和讓班級獲勝並無直接關聯。

那傢伙本身只為擊潰堀北，而編出強力棋子，打算擊潰她。

事實上，堀北面子也掃地了。若在D班裡排名的話，堀北已經沉到了後段排名。

這些作戰如實顯示出龍園翔這男人的特徵。他如果想讓作戰更不露出馬腳，應該也可以更仔細地替換學生。他卻刻意不那麼做，看得出來是想讓我們發現這項作戰，令我們吃驚、嚇破膽。

「你不幫她嗎？」

「怎麼幫？」

「這……我不知道。」

「這場體育祭的參賽表已經確定了，我也是束手無策。」

「也就是說，D班或許會就這麼輸掉？」

「應該吧。」

「你沒辦法做點什麼嗎？」

「我想這應該不是找我商量，而是該對平田說的話喔。」

「雖然你說得沒錯……但總覺得，你應該有在思考……」

這場體育祭是眾人環視體制，不像無人島那樣有許多死角。在老師、學生多數人都看著的情況下，不被人發現地做些什麼，是非常困難的行為。除了像一之瀨、葛城他們正面戰鬥取勝，或像龍園那樣邊背負風險，邊使出卑鄙手段之外，可以說是別無他法。龍園的情況也是如此，看見其動作或是語氣，便可窺知他們是進行了嚴密的排練與練習後，才做出犯規行為。總之，亦即在體育祭舉行前的階段，大部分結果就已經決定好了。

「妳對堀北是怎麼想的？」

「問我怎麼想……是不喜歡啦。她趾高氣揚，又很自大。」

「但妳卻在擔心她呢。」

「或許是因為我不知不覺就把她和自己重疊在一起吧。」

堀北被人瞄準、集中砲火，並且嚐到苦頭。

也就是說，她把過去那個被霸凌的自己重疊在她身上了吧。

「現在D班大概是最後一名吧……？有剩下的獲勝方式嗎？」

「別擔心，到此為止我都料到了。」

「你果然有在做各種思考嘛。所以，我們要怎麼贏呢？」

「贏？我並不打算贏。這次最重要的就是什麼也不做。」

「咦？」

輕井澤對我的回答不禁張大嘴巴。

「這場體育祭，我們就只要盡量被對手打擊就好。這件事情會成為日後的力量。」

「那是什麼意思——」

當我在想該如何逃避輕井澤的追問，這時突然傳來怒吼聲。

「我真的要把那混蛋打得落花流水！」

須藤化成了鬼，朝著C班用力邁步而出。龍園在團體在上反覆做出挑釁對手的行為，並做出盯上了堀北似的發言。

這發展甚至不禁讓我覺得一切都是為了現在讓須藤失控的布局。

「我懂你想說的話，但你應該必須稍微冷靜點。你要是對龍園同學施暴，應該很清楚結果會變得如何。」

平田為了阻止這樣的須藤而在前方擋住。但須藤用力推開了平田。

「吵死了！在戲弄人的是那傢伙吧！一開始就一直在犯規！」

「我覺得他犯規的可能性很高，但要證明應該很困難呢。」

雖然倒桿的踩踏，或拔河放手都是違反禮儀，但都處在灰色地帶。騎馬打仗塗髮蠟這件事現在沒有證據，也只是猜測而已。至少須藤滿腔怒火前去逼問，何止是會被對方打發，應該還會被敵人將計就計。在這麼多人面前對別班施暴的話，也可能不只須藤個人失去資格就能解決。

「這場體育祭裡我才是領袖。就服從我吧，平田。我們一起去逼問龍園。」

「我不打算否定你是領袖。只論這場體育祭的話，你毫無疑問就是領袖。不過，我希望你看看周遭。有多少人認同現在的你是領袖？」

須藤環顧四周。以怕惹須藤生氣的池等人為首，大部分學生都不打算靠近焦躁的須藤身邊。堀北也一樣，對須藤的言行態度投以無言目光。

這就是D班的現狀，是我們必須去接受、改善的型態。

「我可是為了班級拚了命……」

須藤擠出這般憤怒的聲音，而平田之外的學生接著說道：

「真的是這樣嗎？比起想讓班級贏的心情，你更只想自己活躍、想炫耀自己的厲害而已吧？起碼我是這麼看的。不過，任憑情感判斷大家有無用處、催促大家，要是這麼做班上就能贏的

話，就不用辛苦了吧。如果要表現得像領袖，你就需要冷靜的判斷，以及恰當的建議。」

開口說話的是幸村。雖然他在體育祭上也因結果所苦，但他是認真面對比賽的學生。

「煩死了……」

「我的心情也是一樣的喲，須藤同學。正因為你很可靠，我才會希望你更以大局觀來看待狀況，而且希望你可以回應眾多同伴的心情。」

「煩死了啦……」

「你應該辦得到，須藤同學。所以——」

「我就說你很煩！」

砰！我才想好像傳來悶鈍的聲響，站在他旁邊的平田就飛到後方，臥倒在地。須藤雙眼充血，好像連自己犯下的錯誤都沒察覺。

如果接下來有人說溜多餘的話，應該也同樣會被他揍吧。

不，他現在已經連幸村都要扁下去了。

但是因為須藤揍了平田，就算不願意也會引人矚目，老師當然也注意到了。就算是班級內部糾紛，如果演變成暴力事件，不會只有勸戒就能解決。

「怎麼回事？」

負責監視班級工作的茶柱老師，靠近倒在地上的平田。只要看見須藤激動的態度，以及平田

被打得發紅的臉頰，要想像發生什麼事情是很簡單的。

「你打人了嗎？」

茶柱老師沒問理由，只打算問出事實。心裡不暢快的須藤連否定也沒有，而焦躁地答道：

「……那又怎樣？」

面對予以肯定的須藤，平田一面爬起，一面急忙修正道：

「不對，老師，是我自己跌倒而已。」

「看起來實在不像是這樣。」

「不是這樣的。我都這麼說了，所以應該不會有問題吧。」

不能讓打人的事實，與被打的事實兩者一致。平田的判斷是正確的。

茶柱老師稍作停頓，便立刻下了裁決。

「確實如此。既然被害者說沒事，就算是沒有問題。但客觀來看，你們之間可能發生了某些糾紛。現在彼此保持距離吧。另外，我會先向上呈報。這是為了防止再次發生。」

「我們沒有任何糾紛，而且也不想產生誤解。我明白了。」

多虧平田冷靜應對，才沒釀成大禍。平田與須藤保持距離，離開他的視線範圍。對照之下，須藤好像無法抑制怒氣，於是狠狠踹飛了折椅。

在茶柱老師的監視之下，他也無法毆打C班學生。

「我幹不下去了。隨你們去輸吧，小嘍囉們。體育祭根本就沒屁用。」

須藤瞥了一眼從頭看到尾的堀北，但還是把視線別開。

須藤離開我們的陣地，邁步前往宿舍方向。

「事情變得很不妙耶，綾小路。」

「雖然這與我無關就是了。」

高圓寺身體不適缺席，這次則是須藤離開。這個情況對於本來就處在劣勢的D班來說還真是嚴重得無以復加。

「你沒事吧，平田？」

「嗯，是嚐到了一點苦頭。」

幸虧他只是嘴裡稍微破皮，似乎沒有明顯的大外傷。

「可是該怎麼辦……狀況實在是很糟糕。」

9

不顧D班這般風波，二、三年級的騎馬打仗順利地進行了下去。結果，堀北也沒向須藤搭話，只把目光聚焦在她那無法接近的哥哥出場上。

到頭來，騎馬打仗結束後須藤也沒回來，全體參加項目最後的兩百公尺賽跑就這麼開跑了。即使有一兩名學生不在，校方也會無所謂地把比賽進行下去。那就是規則、規定。龍園靠來我們身邊。

「平田，須藤怎麼啦？去廁所？」

不在場的人只會被當作失去資格，不會獲得點數。學校只會遵守明確的規則。

龍園好像在遠處觀察過D班，他的語氣彷彿在近距離看見一切。這次他是打算干涉平田的精神狀態嗎？

「因為有些因素，須藤同學正在休息。他馬上就會回來。」

「呵呵。我覺得沒根據的事情，就不該說出口呢。」

在第二場賽跑上被唱名的龍園走向了跑道。

「比起這些，龍園同學，聽說你個人競賽上至今為止全部都是第一名呢。」

平田對於那身背影，一面燃起沉靜鬥志，一面如此說道。

「這又怎麼了？」

「這次的名單看來你似乎也會得到第一，運氣好像很不錯呢。」

「因為我比較走運呢。」

「不知道那運氣會持續到何時呢。趨勢可是會因為一點小事而改變。」

「啊？」

「也就是說，我知道你在想什麼喲。」

龍園擺出一副你在說什麼的模樣，並且嗤之以鼻。在此平田繼續說道：

「你得到D班參賽表名單、了解D班學生體育能力的詳情，以及正在利用那些資訊的事情，我都已經知道了。我們也不是笨蛋。我們手裡還藏著好幾招。」

「如果那不是虛張聲勢就有趣了呢。看見目前為止C班和D班的對決，你即使不願意，也仍會發現不可思議的事。你就算不知道真相，至少也還是能套我話。」

「嗯，所以我要做句宣言。今天這天結束之前，我會讓你看看有趣的東西。」

「你說有趣的東西？那我就先期待一下吧。」

對於平田說出的謎樣挑釁，龍園完全也只聽進一半。看見他在兩百公尺賽跑上穩拿第一，便可知道他內心好像毫無動搖的可能性。

「距離須藤下次出場還有一小時多嗎……」

二、三年級進行的兩百公尺賽跑，以及五十分鐘的午休。要是須藤沒在這些結束前回來，我們就輸定了。王牌不在的話，後半段的推派競賽就沒勝算。

能推動那傢伙的人物，在這班級裡只有一人。

而那名人物，應該差不多理解了自己的職責與重要性了吧？兩百公尺賽跑以第三名告終的我，靜靜等待堀北比賽結束歸來。

「堀北，有關須藤那些事情的過程，妳都了解了嗎？」

「他被考驗領袖資質，察覺到自己的不中用之後，就逃了出去。」

「……算是吧，大略來說的話。」

「你來我這裡的理由是什麼？你應該不會說什麼要我去把須藤同學帶回來吧。」

「知道就別問。已經快午休了，班上需要妳的力量吧？」

「我不懂耶，還有其他值得依賴的人。我怎麼可能帶得回他？」

她是說認真的嗎？雖然我這麼想，但她大概是認真的吧。

這傢伙完全沒發現須藤把她當作異性懷有好感。

「說起來，我現在的狀態也擔心不了別人……」

堀北在競賽上被迫苦戰，大幅降低班級的分數。

她現在因為自己的事就竭盡全力了吧。我也不是不懂那種心情。再加上，其他同學裡也鮮少有人懷有追隨須藤的意志。儘管知道這會對體育祭的結果造成巨大影響，大家還是把恣意妄為的須藤放著不管。事到如今，須藤一路累積的信賴值，已經能以具體形式看見。

假如跑出去的是平田或櫛田，我們就會出動全班四處找人了吧。

高圓寺在這層意義上也很類似。事實上，他是個被堀北、須藤以外的人無視的存在。沒有人理解缺少一個成員有多麼嚴重。

「那我就老實問了。既無法照顧同學，也無法做好自我管理的妳，究竟有什麼價值？妳就只是個累贅。」

我做好覺悟會惹她生氣之後，就說出至今為止最深入的話。

「你說得真超過呢……我很抱歉受了傷，但這也是因為遭逢不幸。也是會有無論如何都沒辦法的時候吧？」

「不幸嗎？對妳來說，那些傷與D班現況看起來都只是偶然事件呢。這就是妳什麼都沒發現的證據。」

「別瞧不起我，我也算是有發現異樣……我發現參賽表名單已經洩漏給龍園同學，也發現原因是班上出現叛徒，但這也沒辦法吧。就算對方是有可能背叛的人，我也不認為對方會對班上做出自掘墳墓的行為，所以才沒有著急。」

「妳還有發現其他事嗎？」

「其他？……我不清楚詳細方法，但你是指龍園同學激怒須藤同學？」

「是啊，龍園來徹底摧毀我們班關鍵的須藤。不管敵人掌握多少消息，須藤在個人賽上都是常勝，團體賽上也是個很強力的存在。所以，龍園才反覆做出讓他在精神上焦躁的行為，靠比賽

之外的因素成功讓他脫隊。」

須藤從戰力上消失，又因為大鬧一場，D班士氣徹底下降。

「嗯，所以才會有現在這個情況呢。」

「妳沒發現除此之外的事嗎？」

「難道……你是想讓我說出我的猜測？難不成你是在說，為了讓我受傷而前來動手腳的，就是龍園同學？我確實想過一次，想過他教唆木下同學讓我跌倒的可能性。但就算這樣，在大庭廣眾之下露骨地害我受傷並不實際。就算她能讓我跌倒，我也不認為她有辦法目的性地讓我受到足以無法好好比賽的傷。」

她猜錯了。我要是有那個意思，也是可以出示具有目的性的「證據」。

然而，重要的不是那點。

「妳打算沒用到什麼時候，堀北？」

我如此斷言。不下猛藥治療的話，堀北鈴音這名少女是不會醒悟的。

「……你憑什麼說我沒用？」

「因為妳很沒用，所以我才說妳很沒用。」

「真讓人不高興……筆試和運動能力上，我都有自信贏過那邊那群無趣的人。說起來消息走漏就太遲了吧。情勢變得不僅是我，不管是誰都一籌莫展。所以說，可以請你拿出根據嗎？」

「如果說妳是一般學生，那這樣就可以了，但事情不是這樣吧？我是在說──如果妳打算爬上A班，並且帶領現在的同伴，妳是時候必須培養能展望整體的視野與頭腦。」

「我就叫你拿出根據！」

堀北釋放稍強的怒氣。周圍的同學都在想發生了什麼事，而瞬間回過頭來。

「『發現參賽表消息走漏』、『龍園挑釁並趕跑須藤』、『或許讓我受傷是具有目的性』。情勢確實就如妳所說的一籌莫展，而那是因為妳沒使出任何對策。只要不使出對策，就會永遠重複下去。妳還打算在下次被龍園順利推進計畫之後才在抱怨嗎？不是這樣吧。」

「那是──但就算這樣，我又該怎麼做──」

「優先選擇自己想盡量拿下上段排名的心情，而缺少須藤的狀態；以及就算掉了排名也要把須藤叫回，請他帶領班級的狀態──對D班有益的狀態是哪一種？這種事應該連回答都不用吧。現在的妳遠遠不及須藤，妳要有自覺自己是完全派不上用場的學生。須藤的做法本身很拙劣，但他在體育祭上比任何人都有貢獻，而且還拚命想獲勝。因為沒餘力擔心別人就放著他不管，這樣好嗎？妳要就這麼放他跑掉嗎？這樣不就是在棄自己的寶貴戰力於不顧？」

說到這裡，照理堀北也能理解。就算會很火大，她應該也有自覺。

我希望她察覺的是「今後自己該做些什麼」。

「這是國小生也懂的明顯答案吧？那一招也會連結至最初的反擊。」

龍園在戰略上擊潰須藤，那我們只要靠戰略叫回須藤就好。事情很簡單。

「妳正在放棄獲得專屬自己武器的機會。」

「專屬我自己的武器……？」

「如果妳今後要以上段班為目標，獨自戰鬥是有極限的。實際上，現在妳就是被放在獨自一人什麼都辦不到的情況下。這種考試應該會逐漸增加。到時，須藤健這名男人就會成為必要戰力。為了使用這股力量，妳現在應該把什麼放在最優先？是在原地祈禱腳傷痊癒嗎？不是吧？」

就像我把平田或輕井澤當作武器使用，堀北也被賦予獲得自己專屬武器的機會。既然如此，眼睜睜錯過便是愚者才會做的事。

「我──」

「剩下就由妳自己來想吧。我要說的建議都說完了。」

對，我沒有任何話要再繼續說。我不會教她贏龍園的對策，也不會教她應付敵人的辦法。

現在堀北需要的是失敗及重新開始。

10

我們D班的體育祭，就這樣維持最糟的情況，結束了上午部分，進入了午休時間。學生各自如平常那樣在學生餐廳吃午餐，或在操場的指定地點用餐，學校通知學生可以自由選擇。在可以特別強烈感受到團體感的體育祭上，不論男女，與高年級生一起吃飯的機會好像也比平常多。

現在不同以往，因為教室不能使用，我們於是被迫在限定場合用餐。

說到體育祭的精髓，午餐應該也是其中之一吧。操場上有堆積如山的外賣便當。看來今天的午餐不是在學校學生餐廳裡煮的東西，而是從用地外面叫來的高級便當。

種類本身只有一種，但也因為免費，所以幾乎所有學生都會吃吧。

另一方面，部分學生連便當也沒拿就離開了操場。其中一人是堀北。我的話好像總算傳達了過去，她很可能是要去尋找須藤。

另一人則是櫛田。她和關係要好的女生說要去找須藤，就跑走了。

「唔啊——好累！為啥就我就要受這種罪！」

「因為你輸了吧。」

為了避開擁擠人潮，在猜拳上輸掉的山內於是去拿了大家的份。

「肚子餓扁了，我們趕快吃飯吧。」

池或山內都對須藤脫隊沒表示什麼興趣。他們從剛入學開始，原本就和須藤結伴同行，因此很熟悉須藤的性格。

而且，雖然他這次沒參加比賽，但也沒被人強烈追究。畢竟只會失去他個人的個人點數。以紅組來說當然是損失，不過就算將其拿來相抵，或許須藤的恐嚇政權結束還比較令人感激。

大部分女生都目擊了平田被揍的情況。因此須藤的評價（先不論原本有沒有）暴跌，失去了信譽。

就算少掉體育祭王牌，班級也缺乏變化，這在別的意義上也很毛骨悚然。

「總之，先占個適當的地方吃飯吧。」

我們三個正打算移動，就看見平田帶著班上幾名男女現身。

「我們也可以一起吃嗎？」

他這麼說，向池他們搭話。池和山內頓感驚訝。這也理所當然吧。平時沒那麼要好的平田前來接觸，他們不可能不感到困惑。然而，因為是在體育祭這種場合，也因為有女生同席，兩人找不到理由拒絕。

「當然可以啊。」

池這麼答完，我們便成了將近十人的男女團體。我們接著占了適當的地方，鋪上藍色野餐墊，開始吃起午餐。我們享用一會兒餐點，不久，開始慢慢有些人吃完飯，平田和輕井澤便靠了過來。在班級同伴聚集的場合，就算組成摻雜了我的三人組，也不會產生奇怪的不自然感。

「龍園同學果然前來動作了呢。」

平田在喧囂中這麼開口。輕井澤彷彿在等這句話似的插嘴道：

「所以誰是叛徒？洋介同學，你知道對吧？」

輕井澤這麼問，但平田慢慢地左右搖頭。

「我也有幾件不懂的事，綾小路同學你能幫我消除那些疑問嗎？」

「我想想。可是，我無法回答叛徒是誰這個問題。」

「啥？我不懂你的意思，為什麼啊？」

「因為現在鬧大，班上會更混亂。面對叛徒，只要靜靜地冷靜應對，就不會發生問題。」

「……我知道了，關於這點我不會追問。但明知會出現叛徒，卻就這麼向學校交出參賽表，又是為什麼呢？我們應該也可以偷偷調整參賽表吧？這麼做就不會苦戰到這種地步了呢。何止是這樣，或許我們還可以透徹了解計謀，把情況進行得比C班更有利……」

「是啊。」

我就是想要堀北察覺自己那足以看穿、對付間諜存在的力量。

「你好像很事不關己耶，背叛的傢伙或許就在附近吧？說不定也在這些人之中……這麼悠哉沒關係嗎？」

輕井澤張望四周，好像甚至把現場數名學生看成嫌疑犯。

叛徒確實棘手，但根據情況不同，放著不管也會比較方便。

而且，即使使出平田說的那種作戰，應該也對龍園不管用吧。

話雖如此，就算把這理由告訴平田他們，要讓他們順利理解也很困難。

「算是在測量叛徒有多少道德心吧。」

我這麼說，隨便糊弄。

「道德心？」

「就是希望我們別窮追不捨，讓對方改過自新。」

平田聽著這席話，目不轉睛地盯著我。

「也就是說，這件事全都在堀北同學的指示之下，對吧，綾小路同學？」

平田已經漸漸起疑，從他立場看來，情況說不定已來到無法使他相信的領域，即使如此，我表面上還是必須讓他想成就是如此。

「嗯，一切都是堀北的指示。」

平田沒再追問，他點了點頭，好像接受了此事。

「那個堀北同學，現在又在哪裡做些什麼？」

「那傢伙現在在做只有她辦得到的事——若是這樣就好了呢。」

「難道你是指須藤同學的事？」

平田的理解力很好，他環顧四周，重新確認兩人都不見蹤影。

「我們應該沒有輕鬆到少了須藤，還可以在後半場比賽贏到底吧。」

「是啊……對我們來說，須藤同學很可靠。」

輕井澤對於須藤值得依賴的情況有些不服氣，不過她也知道這是事實。這場體育祭的結果，應該就取決於堀北行動了吧。

假如我的話沒傳達過去，須藤就不會回來，D班也就GAME OVER了。

高度育成高級中學學生基本資料　　時間7/1

姓名	橋本正義 Hashimoto Masayoshi
班級	一年Ａ班
學號	S01T004690
社團	網球社
生日	4月24日

評價

學力	B+
智力	B+
判斷力	B
體育能力	B
團隊合作能力	C

面試官的評語

對答內容明確，對未來目標也有高度認知。擅長融入集團，我們希望指導他更增長自己的長處。

導師紀錄

他是綜合水準很高的學生。雖然是高一生，卻擁有銳利的著眼點。

為了誰

我被綾小路同學嚴重打擊，邊抱著失落感，邊獨自前往校內的保健室。他平時很溫順，自稱不干涉他人的避事主義者。我想都沒想過他會那樣對我滔滔不絕。我對這件事嚇了一跳，幾乎無法好好回嘴。

「……不對。」

他說的話是對的。因為正中要點，我才無法回嘴。

「唔……」

總之，現在該做的，就是對這雙無法好好移動的腳想點辦法。為了追上須藤同學，我不得不進行必要處理。雖然操場上設有查看學生狀況的應急處理處，但我想盡量避免引人注目，因此刻意選擇校內的保健室。

但我一造訪保健室，就發現好像已經有人先來了。室內放著的三張床，其中一張遮著簾子，看不見其中模樣。好像有人正在床上休息。

「老師，請問狀況如何？」

我在午休前的休息時間裡接受了包紮綁帶的應急措施，但是效果很微弱。

老師觀察腳的狀態，然後抬起了頭。

「這個嘛……我剛才也說過了，要繼續比賽下去還是很困難呢。」

我被診斷是扭傷，但傷勢好像沒有好轉也沒有惡化。就算照現在這樣，我也能勉強跑步，但完全只是能跑而已，使不出足以在比賽上獲勝的力量。

雖然我拚命比完了個人賽，但推派競賽會更加困難吧。

如果我參加的話，就會確實遠離勝利。唯有這點，我絕對辦不到。

「妳有安排出場推派比賽嗎？」

「是的，原定要出賽。但我打算不參加，這雙腳即使出賽也明顯會扯班上後腿。」

「那是明智的判斷。」

幸虧我有之前考試上得到的鉅額點數。就算棄權，我也只要支付代價便可彌補。即使把我原定要出賽的三項競賽全找替補上場，也是共計三十萬點。金額絕對不便宜，但如果這樣就能稍微提昇班級獲勝的可能，我也只好果斷地這麼做。雖然我和哥哥一起奔跑的夢想會被迫中斷……現在就算介意這種私事也沒意義。重要的是誰來擔任替補。

「謝謝您。」

我接受完治療就向老師道謝，離開了保健室。我打算回到操場，而走向玄關。

窗戶映出我自己拖著腳的身影。我感到悲慘而緊咬住嘴唇。雖然我很懷疑那時叫我名字的木下同學，但那是錯在我自己跌倒受傷。那件事情不會改變。我拚命不讓任何人發現地故作冷靜，繼續走著路。

當我正想走出玄關，就看見櫛田同學匆忙跑來。

「能找到妳真是太好了。那個呀，我有些事要說……」

「……什麼事？我接下來有事，麻煩長話短說。」

「嗯，抱歉呀，但在這裡有點不方便。能請妳過來一下嗎？事情好像變得很嚴重。」

「能請妳在這裡說明嗎？嚴不嚴重就等我聽完再判斷。」

櫛田同學張望四周後，就悄悄說起了耳語。

「……那個呀，和妳碰撞跌倒的木下同學好像受了重傷呢。現在好像嚴重到爬不起來，所以……那個，木下同學好像說希望把妳叫去。」

我聽完那些話，無法掩飾驚訝。

她確實好像有受傷情況，但居然會演變成那種事……

「她現在在哪兒？」

「這邊。」

做完這般互動，櫛田同學就帶著我往保健室方向走。

1

我再次抵達保健室，發現茶柱老師人在室內。保健室老師開口道：

「太好了，我才正在說和妳擦身而過的事呢。」

「我請櫛田叫妳過來，看來她馬上就找到妳了呢。」

櫛田同學站在一旁，一副有些不沉穩似的傾聽老師們說話。

「這究竟怎麼回事？」

剛才看見的那張用簾子隔開的床上，傳來女生啜泣的聲音。茶柱老師稍微替我拉開簾子。簾子深處，可以看見橫躺在床上的C班木下同學。老師隨即拉上簾子，暫時把我叫出走廊。

「木下在上午障礙賽跑時碰撞摔倒，妳記得這件事情吧？」

「當然，因為她是和我碰撞才跌倒。」

自那次事件起，我的體育祭便亂了調。

「關於那件事……木下說是妳蓄意讓她跌倒。」

我一時之間無法理解老師在說什麼。

「不可能是那樣。那是偶然事故，或者——」

「或者？」

就如綾小路同學對我說的那樣，我本來打算說那是龍園同學的戰術，但最後還是作罷了。我隱約認為沒錯，但這完全是猜測，因為我沒有任何證據。

「不……那純粹是偶然。」

「我也是這麼認為，但情況有點糟。據木下所說，她說妳先是在跑步途中反覆因為在意她而回頭。為了查證，我們試著確認影像，妳確實有確認兩次木下的位置。」

「那是因為她反覆叫我的名字，因此我才會回頭。」

「被她叫名字嗎……原來如此。但假設就是這樣，問題還是很大。她說被妳用力踢了小腿呢。事實上，她之後比賽也全部都缺席。我們有請老師實際診斷木下的傷勢，聽說狀況很嚴重。而且，還可以想像那是蓄意般的負傷方式。」

「跌倒時就算她偶然受重傷也沒根據。我什麼也沒做。」

「我當然相信妳的清白。不過，日本是救濟弱者的強國。那點在這所學校也是不變的。既然無法完全排除蓄意的可能，進入審議就會是理所當然。」

「真是愚蠢。」

「但是，那不是可以就這麼結束的事情。妳無視的話，問題就會擴大。消息當然會傳到其他

老師耳裡，拖延的話也會傳到學生會。那麼一來，之後就不好了。妳不可能忘記須藤和C班起糾紛時的事情吧？」

如果拖久，哥哥也必然會知道這件事。因為我這妹妹的愚蠢，一定會讓他困擾。

但既然我是清白的，我也只能表達這點。那是龍園同學的作戰也好，是偶然引發的不幸事件也好，我不可能承認謊言。

「如果您叫我來是為了確認事實，我已經說出真相了。我再次聲明，我什麼都沒做。接下來我有點事，請問我可以告辭了嗎？」

現在我必須盡快找到須藤同學，並且把他帶回來。我打算掉頭，而茶柱老師在我身後對我說道：

「就現階段去想，學校應該會判成偏向巧合的蓄意攻擊吧。如果考慮到木下在障礙賽之後都缺賽並做判斷的話，妳得到的點數同樣也會無效，也當然會不讓妳參加推派競賽吧。妳那雙腳本來就無法參加推派比賽……總之，木下是運動神經很好的學生，如果只論腳程的話，感覺和妳同等，或是更勝於妳。實際上，木下受重傷很難是偶然發生的。」

就算對我這麼說，但因為我是清白的，所以也無可奈何。喊冤很簡單，但是很耗時。現在不是把時間分給這種事情的時候。

「不管怎樣，我都打算不參加推派比賽。障礙賽之後的名次也不甚理想，就算和木下同學一

樣被當缺席處理也無妨。不過，我要強調我沒讓她跌倒受傷的這件事實。」

「這樣可以嗎？」我和茶柱老師做確認，然而——

「不過，木下好像堅持向校方申訴。光就影像或是聽她的證言，案子似乎不太可能被撤銷。以對方立場來看，她也會變得要忍氣吞聲。對C班來說，木下缺席也是個嚴重的事態。妳知道這是怎麼回事嗎？」

「……這就是所謂惡魔的證明嗎？」

茶柱老師沒否定，而是靜靜閉上眼，雙手抱胸。

要證明地球有外星人，只要在地球某處抓到一隻外星人就好，但要證明地球上沒外星人，就會變得必須徹底找遍地球。實際上那是不可能的。那就是所謂惡魔的證明。

茶柱老師是想說——只要無法證明清白，就必須採取不會產生不公平的措施呢……

「茶柱老師，請問您是怎麼聽說這件事情的？現在有誰知道呢？」

「櫛田找我商量。說不想把事情鬧大，問我該怎麼做。」

「抱歉呀，堀北同學。木下同學堅持無論如何都要找老師商量……」

「那份考量真令我感激，因為假如是別班老師的話，就會變成一樁大事吧。但我也有個疑問。妳是在哪裡聽木下同學說的？」

櫛田同學不安地看著保健室門口。

「因為我和木下同學也很要好……我在休息空檔來看她的情況，她就告訴了我這件事。」

「這樣啊。」

若是交友圈廣闊的櫛田同學，這應該就不奇怪。總之，現在知道這件事的，就只有當事人我、木下同學，還有櫛田同學與茶柱老師。

可以的話，我想在此停止話題，並解決問題……

「我可以和木下同學說話嗎？」

「不知道耶，因為她現在的模樣有點害怕，情緒也很不穩定……」

「拜託您了。就我立場來說，我也不想把事情鬧大。」

我一低下頭，櫛田同學也同樣把頭低了下來。

「我也拜託您了，老師。」

「好，我就稍微去問問吧。」

我設法獲得茶柱老師的允許後，走廊前方就傳來了腳步聲。那名人物直線走向保健室，雙手插口袋，表現得一副唯我獨尊。

「事情好像變得相當嚴重耶。」

「龍園同學……」

為什麼他現在會在這個場合？我拚命全速運轉錯亂的腦筋，故作冷靜。不過，他像是看透了這點，而一邊譏笑一邊在我面前暫時停下。

「木下找我商量，我就飛奔而來了。沒想到那些傷居然是蓄意的呢。」

他這麼說完，就走過我身旁，進了保健室。我也急忙追過去。我一踏入保健室，龍園同學就連保健室老師的阻止都不聽，直接拉開木下同學在治療的病床簾子。

「哦，木下。妳沒事吧？妳好像碰到很慘的事耶。」

木下同學看見龍園同學，就變得更害怕，明顯地哆嗦了一下。

「聽說妳腳受了傷？讓我看一下。」

他說完，就拉出木下同學藏在被單下的腳。

「這還真嚴重，虧她能做出這種事耶……」

從龍園同學手下出現的，是木下同學纏著繃帶，慘不忍睹的左腳。

「抱歉……雖然我想努力參加接下來的比賽……腳卻不聽使喚……所以……唔！」

「妳別責怪自己，木下。我知道妳有試圖出賽兩人三腳。」

「……那是偶然的碰撞。木下同學，妳說我害妳跌倒，居心何在？」

「唔！」

我稍微怒瞪，向她問個清楚，結果木下同學就撇開了視線。龍園擋在她前面。

「就木下所說，妳好像一個勁兒地要讓她跌倒呢。妳是蓄意做出來的吧？」

「別開玩笑，你說我會做出那種事情？」

「天曉得誰會做出什麼事。再說，妳看看現實吧，比妳更會運動的木下受重傷退出，而且這之後的推派比賽，她原定是要全部參加的呢。對照之下，妳雖然受了傷卻能繼續比賽。要人別懷疑，還真強人所難。」

我也很清楚整整一個成員不見是很嚴重的。

但因為他多嘴地說明，我對他的疑惑逐漸擴大。

讓我和木下同學碰撞，果然是他的目的？故意讓運動能力比我優異的她來撞我，也是為了不遭人起疑的犧牲？

但……我也產生了疑問。不惜讓比我更可能賺到點數的木下同學撞我，能得到的是什麼？而且，她原定參加所有推派競賽，也就是說C班光是這樣就會失去四十萬點。這一切都是為了打倒我，沉浸於優越感之中嗎？

為了那種事，甚至去傷害同學，降低將支付回報的勝利可能？

起碼就我活到現在的經驗，這種沒效率的事情，我找不出其中意義。

「妳陷入沉默，是在想些什麼？」

龍園同學就這樣手插口袋，像在窺視地前傾上半身。

「算了，我們就算爭論也不會有結果。對吧，木下？」

龍園同學半強迫似的催促木下同學開口。

「堀北同學……對倒下的我說……絕不會讓我贏……」

「我沒說過那種話，妳有自覺自己正在撒謊嗎？」

「堀北，妳只有在和木下跑步時在意後方呢，理由是什麼？」

茶柱老師再次對我拋來相同疑問。

「我承認我回了頭，但那是因為她在後面叫了我名字好幾次。雖然我一開始無視了她，但狀況明顯很奇怪，所以我才會回頭。」

「是這樣嗎，木下？」

「我一次都沒叫！」

茶柱老師這次把疑問從我轉到木下同學身上。

就算茶柱老師確認，木下同學也完全不承認，予以否定。

「她本人都否定了喔，老師。再說，就算萬一木下有喊鈴音的名字，那又怎麼樣？就算叫了名字也不會犯規。那大概也是出自為了想贏的拚命心情，才喊出的奮力吶喊吧。木下比一般人都還好強。要是逐一反應這種事可會沒完沒了。」

不管再說多少，這應該都已經是無止盡的爭論。這兩個人絕對串通好了。

「那個……木下同學、龍園同學，我很遺憾事情變成這樣，但我不認為堀北同學是會故意讓對方受傷的人。」

櫛田同學聽完雙方說詞，袒護我似的如此說道。

「可是，堀北同學就是對我說過……絕對不會讓我贏……！」

「那大概是因為她忍不住自己不想輸的心情吧？我想堀北同學也是跌倒嚇了一大跳，我覺得她也很拚命在比賽。」

我沒說話。沒有對木下同學說半句話。

我把話使勁忍到了喉嚨深處。然而，木下同學如此繼續說道：

「但是——我無法原諒她……這樣田徑練習我也不得不請假……」

「……妳就不覺得自己丟臉嗎？滿口謊言陷害人很好玩？還是說，龍園同學，這一切都是你設計好的？我不認為你剛好出現在這個場面也是碰巧的呢。」

就算她哭，我也不可能同意她的正當性，因為那是謊言。所以，我決定用力踏出一步。如果這個場合有他在，我就必須把狀況推向對自己有利，而非壞的方向。

「妳避談自己的惡行，說是受傷的木下跟我的錯啊。真是壞女人耶。」

「別開玩笑了，你之前也來鬧過須藤同學。這次你也打算使出同樣的手段嗎？」

「我和那件事情無關，把它和這次事情連結在一起還真可笑。」

他完全沒打算承認。

「不管誰來看都很明顯吧。妳抱著同歸於盡的覺悟對木下引起碰撞事件。就這麼定了，我們沒有繼續爭論的餘地，趕緊傳達給上面的人吧。」

「這——能不能稍微再和堀北同學談談呢……？」

櫛田同學懇求似的拜託龍園同學。雖然我很想說她雞婆，但就我的立場來說，我也是盡量不希望做出鬧大的舉止。

儘管感覺自己就像是落入蜘蛛巢穴般的存在，可是我也只能拚命掙扎。

龍園同學露出稍作思考的模樣，如此提議。

「沒時間慢慢說了呢。我們班午休結束，就要開始接下來的推派競賽。我也要上場，所以想盡早結束。和上頭請示判斷是最輕鬆省事的呢。」

龍園看了我、櫛田同學，還有木下同學一眼，接著再次說道：

「要我迅速和解也可以喔。」

「和解？」

「我是在說要請妳代為背負木下和C班承受的損害。」

「別開玩笑，這種事情根本聽都不用聽呢。」

那樣我要付的報酬絕對不便宜。而且，事情完全歸納至不好的方向了。

「既然這樣，話就說到這裡。妳不和我和解，也要我別告訴上頭，未免也太顧自己方便了吧，鈴音。妳還真是不可理喻耶。」

「等等，具體來說，該怎麼做才好呢……？」

櫛田同學擠到我前面，聽取龍園的提議。

「妳好像很懂事呢。我想想……如果她交出一百萬點，我就會讓木下撤銷告訴。這樣既可以準備推派競賽的替補，木下也可以多虧我，而得到所謂的臨時收入。很簡單吧？」

「你別說傻話了。我什麼也沒做，沒必要付任何點數。」

「那妳就去判決處證明吧，鈴音。我們就來弄清楚誰對誰錯吧，好嗎？」

「你們好像對自己相當有信心呢。你們就以為謊言不會露餡？」

「我們會證明自己沒說謊啦。我們就趕緊接受學生會長大人的審判吧。」

龍園同學以了解我與學生會長……也就是我與哥哥之間情況的口吻挑釁了我。就我的立場而言，絕對無法讓情勢變得會給哥哥添麻煩。

學生會長的妹妹蓄意做出妨礙行為、讓人受傷——要是這種謠言傳開，哥哥受到的傷害將會無可計量。雖然這是和以前一樣的手段，但現在完全沒有當時有的那種漏洞。他們在須藤同學事件時，是以「誰都沒看見的前提」裝作受害者，但是這次不一樣，是以「全校學生作為目擊證人」裝作受害者。優勢在對方身上。再加上——木下同學是擁有與我同等，或更勝於我的運動神經的學生、影像證據看得見我回頭的可疑之處、木下同學原定參加所有推派競賽，以及受了無法

繼續比賽的重傷。我完全沒準備可以挽回的要素。

我覺得最高明的，是對方的動手時機。他不是在木下同學受傷之後立刻行動，而是讓她慢慢躺著，反過來演出了真實性。聽說她跌倒後沒馬上申訴，也挑戰了下場競賽。換句話說，這增加了她試圖忍耐、忍受痛楚的真實性。

但結果她難以忍耐痛楚，她在脫隊之後藉由偷偷透露是被我蓄意弄倒，甚至營造出害怕被我報復的形式。

到這種地步，我終於確定了。確定一切都是針對我撒下的完全包圍網。

然後——這個狀況已經來到不可推翻的田地。在我只是悠哉等待體育祭的時間點，就已經是註定的失誤，但我也逐漸深深感受到還留著幾個謎團。

「那個……如果只付我的點數可以嗎……龍園同學？」

「啊？」

「我不認為堀北同學是會蓄意做出這種事情的人，所以我不想太張揚。可是……我也不覺得木下同學是會說謊的人……我在想這會不會是不幸的偶然……所以……」

「這就是所謂感人的友情嗎？可是不行呢。身為C班的人，我認為鈴音是懷有惡意找碴。如果想到木下的事情，不從鈴音身上拿錢，就沒意義了呢。當然，妳如果說妳也要付的話，我是不會阻止妳啦。」

在這裡繼續反抗，就只會把情況鬧得更大，可是我無法讓步。

「就這麼決定了。我們現在要去和老師以及學生會提出控訴嘍，木下。」

龍園指示木下同學起身。木下同學一邊痛苦地扭曲表情，一邊撐起上半身。

「看見這個狀態，學校應該也會了解很嚴重呢。不良品為了獲勝，什麼都做得出來，我不能放任這種凶惡的態度。」

我不得不做出選擇。

一條是追究真相、對抗龍園同學等人的路，另一條則是在此妥協的路。

如果是原本的話，我當然必須選擇前者。但是，這世上不存在足以解決、說明真相的素材。

換句話說，我只會浪費時間及信賴。

既然這樣——乾脆在此做出他所說的和解會比較好……

我拚命擠出聲音叫住邁步而出的兩人。

「等等……」

那句話確實傳到了龍園同學他們的耳裡。他們停下腳步。

「怎麼了，鈴音。妳應該不打算回應商量吧？」

「只要我付出代價，你就願意把這件事當作沒發生過，對吧……？」

「也就是說，妳承認自己不惜犯規也想獲勝？」

「我不承認那點……畢竟我沒說謊。」
「既然如此，這就奇怪了吧。妳究竟打算對什麼支付代價？」
「這次我輸給了你的作戰。所以，意思就是我要對此支付代價。」
雖然很屈辱，但我也只能這麼說給他聽。
「聽見了嗎，木下？那傢伙完全不認為自己是壞人耶，妳能原諒她嗎？」
「……不可……原諒……」
「她這麼說喔。妳不打從心裡承認自己錯誤的話，我們就不會答應妳。」
「唔……」
「——雖然我很想這麼說，但妳也是有自尊的吧。我知道事到如今妳無法在老師或朋友面前說出是自己不對。所以，我個人心胸寬闊，要我答應妳也可以喔。不過，木下同不同意就另當別論了呢。」
他就像在戲弄我的心，獨自把狀況變來變去，同時露出惡魔般的笑容。
我想盡快從這個情況裡解脫。
「是你說只要付一百萬點就願意當作沒發生過。應該沒有此外的條件吧？」
「確實如此呢，不過那是到剛才為止的事。妳拒絕過一次了吧？如今要條件相同是不可能的呢。如果是第二次談判，條件當然也會改變。」

龍園同學始終一面挑釁一面猛攻過來。

「我想想。妳就當場磕頭道歉，試著懇求我們吧。我和木下說不定會改變心意。」

「等等，龍園。這樣下去就太超過了。」

在旁觀看的茶柱老師，對要求我磕頭道歉的龍園同學插話。

「老師不要插手，這是我們學生之間的問題。」

即使面對老師，龍園同學也毫不膽怯，接二連三地說道：

「算了，我就饒過妳，不叫妳立刻做結論，畢竟老師也在看呢。所以，體育祭結束之後，就請妳告訴我答案吧。以一百萬和磕頭道歉和解，還是提起問題在學校讓人審議。妳會選擇哪種呢？」

他接著這麼補充：

「妳別以為體育祭結束後就會失效、解決喔。我可是會挖出許多問題，徹底地與妳戰鬥。放學後，妳就把鈴音帶過來吧。」

龍園同學接著這麼對櫛田同學說完，便放著木下同學不管，離開保健室。

被丟在後頭的我，心裡隱約感受到失落，佇立在原地。

「妳沒事吧？堀北同學……」

「沒事……比起這個，妳知道現在幾分嗎？老師，請問休息時間還有多久？」

「還有大約二十分鐘。妳們還沒吃午餐吧，趕快去吃完。」

已經這個時間了呢……我實在沒閒功夫吃午餐了。

因為必須盡快找到須藤同學，並且把他帶回去。

「我先告辭。」

我懷著焦急心情丟下她們兩人，離開了保健室。

2

一切都是出自我的怠慢。這是我只想著自己，去挑戰體育祭的結果。

我沒辦法預測龍園會得到參賽表，以及抱有讓我跌倒的目的。我沒有做好心理準備。

所以我才會動搖，找不出解決方案，而且內心混亂。我的腳步比剛才更沉重了。

「真可悲呢……」

對，我真的覺得自己很可悲。

靠近玄關門口時，有兩名學生走進了校內。如果是普通學生的話，我大概就完全不會留意了吧。不過，事情並沒那麼如意。

「哥哥──」

我以不知會不會被聽見的極小音量說出的這一句低聲呢喃，隨著寂靜消失而去。對方是這間學校的學生會長──是我的哥哥，還有一名替哥哥效命的學生會女生──橘書記。

橘書記好像發現我而看了過來，但哥哥看也沒看我。

我已經習慣哥哥不把我當一回事。其實我很想叫住他，可是位居D班的我，沒有那份資格和權力。我稍微低下頭，等待情況過去。反正哥哥才不會對我停下腳步。

明明應該是那樣……

「妳理解這次考試D班現在處在怎樣的情況下嗎？」

那不是對橘書記說的，而是哥哥看著我所說出的話。

「……現在我深深感受到了這點。」

我老實地這麼說。這是沒想到參賽表名單走漏，只是漫不經心過著日子的我的失誤。我們就連個人競賽的細節，都漂亮地被C班擺了一道。

對，只有這點我絕對必須避免。這件事全都是我的大意招致。

「但請放心，我不會給哥哥添麻煩。」

幸好他提議以一百萬點和磕頭道歉和解，想到茶柱老師也當了證人，應該不會在最後關頭才作廢吧。

既然這樣，以結果來說或許很好。因為這樣不給哥哥添麻煩就會解決。

但我真想以像樣的形式和他說話，而不是這種形式。唯有這份心情是個遺憾。

真希望就像我最初所想的那樣，在最後的接力賽上和他一起奔跑。雖然那個夢想隨著腳傷一同消逝，但就算表現出痛苦的模樣，哥哥也不會同情我。

所以，我就起碼積極向前看吧。既然都已經被打擊到這種地步，我也幾乎沒什麼東西能失去了。再說，我知道我在這場體育祭上還剩一件事情能做。

「告辭了。」

我這麼說完，就飛奔似的從玄關走向外面。

我邊忍著腳上的痛楚，邊看遍設施周圍，並且奔跑著——為了尋找須藤同學。

可是沒那麼簡單就找得到他。光在廣大用地內到處看，也需要相當長的時間。

我在時間剩下快不到十分鐘時，回來一次操場。

焦急的須藤同學也有可能因為推派比賽將至而回來。因為他一直為了拿下年級第一而努力。

我如此祈禱。

「他果然沒回來呢……」

要說還有地方沒去過，就是櫸樹購物中心或宿舍了吧，也可能是學校裡的某處。我實在是找不完。

他……綾小路同學，現身在這樣的我面前。他應該吃完午餐了吧。

「妳還真喘耶。」

「我在找須藤同學，他沒出現在操場半次嗎？」

「嗯，目前沒有。妳打算說服他了啊。」

「他對D班來說是個寶貴戰力。而且就算我不願意也察覺到了。」

「妳是指？」

他好像對我的心境變化很感興趣，但現在就算告訴他龍園同學的事也無濟於事。

再說，告訴他之後，情勢也不可能好轉。

讓事情只在我和櫛田同學，以及茶柱老師之間結束是最好的。

午休已經過完一半，但須藤同學沒在任何人面前現身。

如果下午的推派競賽期間，他也這樣不見蹤影，D班會因為須藤同學缺席而大受影響，然後就會確定敗北。

「妳對須藤的所在之處有頭緒嗎？已經幾乎沒時間了喔。」

「不，還沒有頭緒。但他能去的範圍應該有限。假如在意旁人目光，那他回去宿舍的可能性應該很高。」

「妳的腳沒事嗎？」

「要說不痛是騙人的，但我也不至於跑不動。你也要來嗎？」

「我就不了，我就算一起行動也只會礙事。」

「這樣啊……」

就我的立場來說，那或許也比較方便。我一面這麼想著，一面忍耐疼痛，跑了出去。

高度育成高級中學學生基本資料 時間7/1

姓名	篠原皐月 Shinohara Satsuki
班級	一年D班
學號	S01T004742
社團	烹飪社
生日	6月21日

評價

項目	評價
學力	D-
智力	D-
判斷力	D
體育能力	D
團隊合作能力	C

面試官的評語

基本上不是會引起問題的學生，也具備常人的社交性。不過，學力和體育能力都低於平均，我們期待她在團體行動中逐漸有所成長。

導師紀錄

好像和同學打成了一片，目前沒做出問題行動。

鐘聲響起，體育祭後場半比賽開始。我們迎接了推派比賽的時間。

剩下的四項競賽，預計將由班級裡選出的精銳們出賽。

「話說回來，綾小路同學，你要參加借物比賽呢。」

「可以的話，我很不想參加啦……」

我在猜拳中贏了，所以也無可奈何。各班將各有六名出場借物比賽。這是班級各派一人跑、一場比賽四人一組的少人數競賽。

其分數相對設定得比個人競賽還高。

「問題在於缺席的須藤同學呢……」

原本決定要參加所有推派競賽的須藤不在，因此這樣下去就會被當作缺席處理。問題會是我們要不要找替補。

「可以的話，我能問你意見嗎，綾小路同學？我想問堀北同學的意見，但那似乎也行不通。」

對，堀北也沒有回到陣營。我以為下午部分開始之前，最糟也會有一個人回來，這真是始料未及。但情況還留有往好方向進展的可能性。

「就算不靠我，你應該也能做出正確判斷吧？」

「……不知道耶。但就我的意見來說，我認為需要找替補。個人競賽部分上我們班大概是墊底，如果要在綜合分數上勝出，我們得在此撿到勝利才行。」

「那麼，現在就是要找誰當替補了呢。」

「替補需要十萬點呢，點數部分我會設法解決。我想替補找池同學或山內同學應該不錯。」

「因為拿下第一的話能獲得考試成績，對吧？」

「嗯，我認為活用那項優點才是上策。」

如果是運氣大幅左右結果的借物競賽，這似乎可以說是好辦法。結果，池和山內一對一猜拳，獲勝的池於是洋洋得意地前來會合參賽組。

「好！我會連須藤的份一起努力！」

光論氣勢，他好像不輸須藤，幹勁十足。競賽前裁判們進行了說明。

「借物競賽上也設定了高難度的項目。那種情況也可以要求重抽，但我們會要求待命三十秒才能重抽。希望重抽的人要向抽籤地點的裁判提出。另外，三個人抵達終點時比賽就會結束。以上。」

得到這樣的補充說明後，要出場第二場借物競賽的我開始進行準備。

「嗨。」

我被站在隔壁的男人搭了話。不用對上視線，我也知道他是C班的龍園。

「那個肌肉笨蛋沒出場借物比賽嗎？我還以為他絕對會出賽呢。而且也不見鈴音蹤影，他們不會是在體育祭的背地裡搞起來了吧？」

「誰知道，那與我無關……我不太清楚我們班的內情。」

「真是個爛回答。」

龍園好像立刻對我失去興趣，而保持距離，離開了我。話雖如此，他好像也一樣是跑第二場。不久，第一場比賽就開始了。別班好像理所當然派出了運動神經很好的學生，池在起跑就被搶先了一步。

雖然這麼說，關鍵是借物的內容。最後抵達箱子的池抽了籤，並且確認內容。上段陣容已經開始四處奔走，離開操場尋找指定的借物。

「唔喔喔喔喔喔喔喔喔喔！」

池大聲吶喊，擺出勝利姿勢，忽然逆向跑來起點。

「綾小路！借我左腳吧，左腳！」

「左腳？」

「鞋子啦，鞋子！那是我的借物內容！」

他這麼說完，就給我看了寫著「同學的左腳（鞋子）」的紙張。

「不，我要是借你，就會不能跑了吧……」

「呃！」

他好像是因為我距離近才逆向跑來，但他無法從之後要跑借物競賽的人借鞋子。

池對自己的粗心錯誤而慌張，並往我們陣營跑了過去。不過，其他學生們好像都在進行苦戰，還不見有人走向終點。結果借物比賽池在籤運上找出勝機，並且拿下第一名，點綴了波瀾起伏的序幕。

「真是不能小看他耶……」

過了幾十秒，A班與跟在後頭的B班抵達終點，C班成了最後一名。

比賽一結束，便響起我們第二場的開始信號。

腳程快的傢伙飛奔而出，我跟在稍後方，也前往抽籤場所。

「那麼，紙上會寫什麼呢……」

我把手伸入放置的箱子。裡面好像放著一定的紙張數量。我一面注意別搞錯拿到好幾張，一面取出籤紙。接著打開對摺兩次的紙張。

『帶來十名朋友。』

「……不會吧？」

在過目這張紙的瞬間，我感受到眼前一片漆黑。

光是朋友這點門檻就算很高了，居然還要十個人？這是在開玩笑嗎？

我就算在腦中思考，也想不出十個人。

「你發什麼呆啊！快點啊！綾小路！」

拿下第一而得意忘形的池這麼對我喊道，但我也是束手無策。

在班上能依賴的朋友名額中的兩人（堀北、須藤）不在的時間點，這就已經是死局。

既然一之瀨或神崎是敵人，我也就不能依賴他們……

「請幫我換籤……」

我遵守規則，提出變更借物內容。

其他學生們都已經以借物為目的跑了出去。我等待三十秒，抽了第二張。

『喜歡的人。』

「不不不……不不不不。」

這借物內容是怎麼回事？我只覺得是在胡鬧。

「請、請換籤。」

D班學生們看著我，散發困惑的氛圍，可是沒辦法的問題就是沒辦法。說真的，其他人要是抽到這種籤會怎麼做呢？

要是讓異性看見這張紙，那就已經等於是告白了。假如說謊拜託對方，當然也很丟人。在決定借物內容前，我就已經背負了一分鐘的不利條件。

『座鐘。』

第三張終於抽到有實現可能的選擇。

不過，如果是座鐘，就必須去學校裡了嗎……？

我姑且朝老師們的帳篷走去，試著尋找時鐘，但沒找到座鐘。

在我如此過程中，三名選手結束了借物，抵達終點。

「……這不行了。」

我被運氣拋棄，結果沒獲得成果，以最後一名告終。

這比賽不是我有沒有偷工減料的問題，那是再怎樣都無能為力的。

1

現在是操場正要開始下午競賽的時候了吧。

我終於在宿舍大廳發現坐在沙發上的紅髮學生。

「須藤同學。」

我為了不嚇著他，慢慢以沉穩的語氣叫他。

須藤稍作停頓之後，只把頭回過來看我。

「……堀北。」

我想他對我的身影感到驚訝，純粹是因為沒想過我會出現在這裡吧。

「妳來幹嘛……難道是來說服我的嗎？」

「我看起來是會來說服你的那種人嗎？」

「這……看起來是不像。那是怎樣啊，妳是來罵我的？」

「不知道。如果你要我說出明確的發言，我自己也有點語塞呢。」

「啊？」

須藤同學搞不太懂，於是歪了歪頭。

為什麼呢。找到剛才在尋找的須藤同學之後，我就有種什麼也說不出口的心情。

我再次回想自己為何要做到這種地步來試圖找出他。

「少了你的話，D班就會變得沒勝算。」

「我想也是，現在應該很不妙吧？」

「嗯，目前可以推測是最後一名，要在此逆轉的話，就必須在推派競賽連續拿第一名。但就算這樣，要位居第一也幾乎不可能。」

我的班級裡有須藤同學這種運動神經突出的學生，但在體育祭上綜合地去看時，就證明了我們在別處較為遜色。

「我明明就帶領了班級，可惡。平田那傢伙……」

「他阻止你失控是沒錯的呢，倒不如說你應該感謝他。萬一你對龍園同學動手，說不定就會失去體育祭本身的參加資格。」

「我無法忍受一直被他擺弄，那傢伙做的事情是犯規的啦。」

「你的言行本身是個問題，但你很認真在比體育祭呢。」

這次，他做出了不像他作風的行動。在某種意義上是個奇蹟。他為了同學當上自己不習慣的領袖，帶領同伴挑戰了體育祭。雖然容易跟人吵架的這點一如往常，不過那在根本上是因為懷有想贏的想法。除了他不參加的兩百公尺賽跑，他全部都是第一名，看了這點就可以明白。我就算是遠遠地看，也知道他在團體賽上同樣獨自展現了壓倒性力量。這點我必須認同、稱讚須藤同學。

「但你也有許多必須反省之處呢。現在你孤身一人就是最好的證據。」

「什麼嘛。」

「假如你是會受人依賴、受信任的存在，在這裡的一定不只有我，應該會有一大群同學在場，為了說服並請你回去。」

須藤同學好像因此再次感到焦躁，而輕輕踢了桌腳。

「那種態度就是問題。D班老是被你折騰。期中考、與C班之間的糾紛，然後這次是惱羞施暴。你就是因為重複那種事情，才會沒任何人跟過來。」

「還真的在說教喔？妳現在能不能饒了我啊，堀北。我現在超不爽的。」

須藤激烈抖著腳，拚命發洩焦躁，甚至我這裡都聽得見運動衫的摩擦聲。

「我雖然覺得抱歉，但我自己也克制不住衝動，所以沒辦法吧。」

「這樣虧你還想帶領大家呢。」

「那原本就不是我提出，是別人來拜託我的吧。」

「就算這樣，既然接下就會產生一定的責任。」

「囉嗦，那種事跟我有什麼關係。」

「你老是像個小孩呢，在社會上應該不會被允許吧。」

「煩死了！」

他這麼喊道，凶狠地怒瞪過來，用要我閉嘴般的眼神震懾我，但我不動聲色。

「嘖……搞什麼嘛。」

如果是別人大概就動搖了吧。面對我不為所動，須藤同學因為堅持不住，而撇開了視線。

「你因為缺點暴露在外，所以很好懂呢。不讀書的話會變得如何？施暴的話會變得如何？你缺乏想像後果的能力。」

「啊──我知道了啦！給我適可而止！我對妳的說教都快吐了！」

須藤同學想留在這間學校，想讓事情順利進行。

即使如此仍會引起暴力事件，應該是有某些背景的吧。

只要不知道起源、慣例的話，須藤就會一直重複那些事情下去。

就像我一樣──總是期望獨自一人。

所以就算會被他討厭，我也不會停下來不說。現在在此，我要看穿他的一切。

「你不高興可以打我。」

「啥？那種事情……我怎麼可能做得出來……」

「就因為我是女人？我先說了，我可是很強的。在你拳頭揮到之前，我就會打倒你。」

「反擊幹勁滿滿啊……妳這女人真的很奇怪。就像妳說過的，其他人才不會來追我，但也只有妳追了過來。」

那也是因為被綾小路同學教誨的關係。

不過，現在是我自己同意才站在這裡，所以沒必要告訴他。但須藤同學好像稍微鬆卸了下

來，他像是平息了怒氣似的如此嘟噥道：

「我會接下領袖的理由，是因為以為只要會運動，體育祭就會因此輕鬆勝利。事實上，我也沒輸給別班的人，就算再比一次個人賽，我也有信心不輸給任何人。但是啊，團體賽只要有人扯後腿就沒轍了。倒桿競賽和騎馬打仗都是因為沒用的傢伙才輸，我就是受不了這點。」

我明白那是他會想抱怨的狀況。須藤同學在年級裡也有出類拔萃的運動神經，但周圍的同學都不是配合得上須藤同學的實力者。

「看了就知道你不喜歡在擅長的領域上輸掉，但理由就只有這樣嗎？」

如果只是在運動上不想輸給任何人，就不必接下領袖。須藤同學應該也已經預見會在團體賽上苦戰。換句話說，這一定還潛藏著其他理由。

須藤同學稍作思考地歪了頭，但他立刻就給了我答案。

「……該說是想受人矚目、受人尊敬嗎？或許我有想聚集那些的心情，而且我也想讓至今瞧不起我的人刮目相看……我真遜。」

他因為冷靜下來，所以發現那是自己的慾望，以及無法將其貫徹而半途而廢的這些現實。因而用力搔了搔自己染得赤紅的頭髮。

「這樣我也完全被孤立了吧。算了，反正只是回到跟國中時一樣而已。」

「…………」

我聽見須藤同學這席話，暫時陷入沉默。

在想自己彷彿說教般的發言，是否傳達到了他的心裡。

我被綾小路同學駁倒、輸給龍園，還被哥哥放棄。

我有想過這樣的自己沒什麼責罵、教誨他的資格。

我一直認為對方水準很低，卻開始感受到並非如此。

須藤同學的確很幼稚，是做事不考慮前後的類型，個性讓人難以應付。

不過——只要改變看法，就會逐漸明白他也是面對孤獨，不斷戰鬥而來的人。

有勇氣面對孤獨的他，說不定遠比我還了不起。

儘管抱著傳達不過去的不安，我也拚命擠出話語，繼續進行我不擅長的對話。

「……真不可思議呢。因為我和你懷有的情感，基本上是一樣的。」

「啊？那什麼意思？」

「我也有想被人尊敬的心情，以及期盼獨自不斷戰鬥的心情。」

他雖然抱著某種矛盾，但即使如此也一路孤獨戰鬥，與我很相似。

「回想起來，那是有徵兆的。期中考時，我對包含你在內的那些不會讀書的人感到焦躁。我對連理所當然的事都辦不到的人很生氣，根本就不打算幫忙。你在體育祭上還比較出色，至少你帶領了不會運動的人們。」

讀書與運動，雖然是對比關係，但基本上說不定是一樣的。

須藤同學現在強烈體會到當時我對他們感受到的情緒。

「那妳應該懂我的心情吧，我現在想獨處。」

「我也很想這麼做，但現在少了你D班就一定會輸。」

這不光是須藤同學個人的問題，而是會大幅牽涉班級的勝敗。

「妳一開始也一樣拋下班級了吧，妳沒資格對我說教。」

須藤如此簡短拒絕，便慢慢從沙發上站起。

「……是啊。」

對，所以我說的話沒有分量。因為我到不久前的想法都和須藤同學相同。

「妳很失望吧，不過我習慣了。我被人渣父母生下，所以我也是人渣。我明明絕對不想效法他們，自己卻逐漸變得像父母……」

須藤同學好像打算回房間，用放棄一切的眼神看了我一眼。

看見那副樣子，我自己也已經不知道該對他說怎樣的話了。

「人渣生的小孩就是人渣——你如果這樣想就是錯的。把會變得怎樣怪罪在別人身上可不好，那是取決於自己本身。我不會認同你那種想法。」

我如此強烈否定。我覺得就算懂他的心情，我也必須去否定。

「如果天才的妹妹就會是天才，真不知道我可以省下多少辛苦……」

「什麼意思啊？」

「……你還不是什麼人物，要成為什麼人物是端看自己，起碼你在運動領域上擁有優秀天分。雖然你的語氣確實粗魯，但練習上你也給了許多學生建議。就是因為看見那副模樣，我才知道你不是沒用的人。但是現在的你則是最差勁的，你正想從現實移開視線、試圖逃走。假如你就這麼繼續四處逃避，我就真的會把你打上人渣的烙印。」

「既然這樣，就隨妳打上人渣烙印吧。我已經無所謂了。」

「你因為事情不如意就放棄了呢。」

不管我拋出多麼強烈的話，他都沒有回以正面積極的發言。

須藤同學好像封閉了內心，憑「我」是無法開啟那扇門的。

宣告午休結束的鐘聲響起。那是下午競賽開始的信號。

這樣須藤同學就確定趕不上借物競賽了。

「妳回去啦，堀北。」

「不，在把你帶回去之前，我不會回去。」

「那就隨妳高興。」

須藤同學移動停下的腳步，搭入了電梯。

「我會一直在這裡等你回來。」

「……隨妳便。」

電梯門關上。我到最後都沒從他身上移開視線。

2

「呼——真可惜耶，好像差點就贏得了B班……」

「是啊。」

我們就這麼缺少須藤地比完四方拔河，就算找到替補也依然漂亮地慘敗。那是我們相信了微小獲勝可能而進行的挑戰，不過還是輸了。最後一名的結果被擺在眼前。

就班級立場而言，這也會決定綜合評分的過程，但受到最沉重打擊的人是平田。他在借物競賽上同樣負擔了替補點數，因此失去了鉅額點數。在任何一項競賽上我們都必須在缺少絕對王牌須藤的情況下挑戰，非常地痛苦。

「須藤同學似乎還沒回來呢。」

「平田，下個比賽你也打算代付點數嗎？」

「因為有這麼做的必要呢，這是無可奈何的支出喲。」

雖然這麼說，平田到目前已經付了共計三次。其中有須藤原定參加借物競賽、四方拔河的兩次，以及堀北原定參加四方拔河的一次。點數不便宜。下次也要付的話，就會是共計五十萬點。就算持有再多點數，這樣也自掏腰包過頭了。

「唉……須藤就不說，堀北之後應該會自己付吧。」

堀北雖然缺席，但我可以斷言她不是會放著讓平田出錢的人。幸好那傢伙和平田一樣，在上次考試中得到了高額點數。

「應該要適當地讓參賽者負擔吧。」

「或許是這樣，但十萬點是很大的金額，要存很不簡單呢。擅自找替補的人是我，我做不出要求點數的行為。」

「你就不覺得是擅自棄權的人不對嗎？」

再說，平田還被須藤打，可是他好像完全沒在想這種事。

「拿到前面的名次就會有利於今後考試，而班級勝利也是如此。可以先參加是再好不過的呢。如果要自費的話，也會有許多學生不參加吧。」

需要考試成績的學生，的確大致上也會煩惱缺錢。他們當然很想要分數，但如果淪落到下面名次，考試反而會變得不利，所以應該會很猶豫吧。因為要是失去錢，也失去點數，就太慘不忍

睹了。

剩下的競賽是男女兩人三腳，及最後的一千兩百公尺接力。

平田正打算去問有沒有人希望參賽——櫛田在那之前跑了過來。

「那個，平田同學，能不能也讓我幫忙呢？我想參加兩人三腳。我當然會出點數……不行嗎？」

「咦？」

沒想到來自報姓名的人是櫛田。

「我無法只讓你負擔呢，而且，該說就算是為了堀北同學、須藤同學，我也想要有所貢獻嗎……」

「當然好。如果是妳的話，運動神經也很好，我很歡迎喲。」

「謝謝！我去告訴茶柱老師要擔任堀北同學的替補喲！」

她說完就飛奔而出。

「那麼，剩下的就是男生。我去問一下。」

「欸，平田，這場競賽我可以代替須藤出場嗎？我也會付點數。不保證能夠獲勝為班級貢獻，但假如這樣你也不嫌棄的話……」

「這——嗯，當然沒關係……但這樣好嗎？」

「只讓你負擔我也不好意思，而且我對下場考試也有點不放心。我也有想盡量先保住一分的私心。」

取得准許後，我便立刻跟上了櫛田，在她已經在和茶柱老師說話時插話。

「須藤的替補是你嗎，綾小路？」

「是的。」

「你喜歡旁觀，沒想到居然做出罕見的事情呢。」

「原來代替須藤同學參加的是綾小路同學啊，請多指教喲。」

「請多指教啊，我腳程不是很快，這點就請妳見諒。」

「我想兩人三腳比起純粹的跑步速度，更像是要配合對方步調的比賽呢。」

我們進行這樣的對話，同時立刻前去準備比賽。

「哈囉——綾小路同學，還有小桔梗。我們似乎同組呢——」

前來這麼說的人物是一之瀨以及柴田兩人。

「哇——真是強敵耶，你們兩個居然組了隊……」

「柴田同學是很強沒錯，但我不算什麼喲，我都還沒拿下半個第一呢。」

「是這樣嗎？真意外耶！」

「我有一個第二名，剩下的都是第四、第五名呢。其實原定是別人出賽，但她似乎在上午的

兩百公尺賽跑上不小心扭傷了腳。今年好像有很多人受傷呢。」

看來B班也出現了缺席者。他們是臨時的搭檔吧。

「柴田同學，我可以綁了嗎？」

「ＯＫ。」

B班搭檔感情要好地綁起繩子。

「那我們也……呃——綁繩子可以交給妳嗎？身為男人擅自去綁繩子，我也是有點抗拒。」

「好呀。但真不可思議呢，你和堀北同學練習時，明明就是由你綁的。」

我常常這麼想——她還真是仔細觀察班級呢。

「那傢伙……她是例外。我和其他女生可不會這樣。」

「也就是說，她是特別的存在嗎？」

該說是特別的存在嗎？雖然她的立場特別是事實，但我難以告訴她任何事情。

「比起這個，堀北同學居然會去找須藤同學，真是難以置信呢……該怎麼說，堀北同學看起來不像是會蹺課的人吧？」

「我也很意外。」

「但你看起來好像沒有很驚訝呢。」

櫛田蹲了下來，在我的腳上綁繩子，一面這麼說道。

「我本來就是情緒不會寫在臉上的類型。」

「就是所謂的撲克臉呢——」

「櫛田。」

「再等一下喲，就快綁好了。」

櫛田這麼說完，就漂亮地結繩，同時以可愛的聲音回應我。

對於這樣的櫛田，我決定冷不防地開口：

「把D班參賽表洩漏給C班的叛徒就是妳，對吧？」

「……討厭啦，綾小路同學。你怎麼突然間這麼說？就算是開玩笑也真是過分——」

「我看見了喔，看見妳用手機拍攝寫在黑板的參賽表概要。」

「那只是我為了不忘記才記錄下來。要是忘記自己的順序就糟了呢。」

「只能用手寫筆記自己的順序——我們是這麼決定的吧。」

「是那樣嗎？抱歉，我不小心忘記了呢。」

櫛田綁完繩子，便慢慢站了起來，帶著一如往常的笑容看了過來。

「難道你因為那樣就懷疑我？」

「抱歉，我很有把握。要不是那樣，我們不會這麼平白被C班打擊。」

能像這樣獨處的時間有限。在某方面而言，現在算是說出這些話的絕佳機會。

「嗯——但是呀，假如某人流出D班參賽表，C班也未必都湊巧能贏吧？」

「是啊。」

當然，C班並不是在所有競賽上都所向披靡，所以真相很難以了解。因為就算看穿D班的參賽順序，能否獲勝也會受到A班、B班的成員影響。但即使如此，可以一口氣提昇勝率也是事實。

「欸，綾小路同學。假如我就是洩漏班級情報的犯人——假如手機拍照就是決定性的招數，那你早就知道參賽表外流了吧？那麼，你為什麼沒有事後變更參賽表呢？針對對策，只要之後提出新的參賽表不就好了嗎？這麼一來，我拍下的參賽表就會變成舊的資訊，你不覺得那就會失去意義了嗎？」

「那沒意義吧。如果叛徒是D班學生，那麼無論怎樣都能背叛。」

「你的意思是？」

「例如就像妳所說的，在期間內改寫參賽表，然後默默提出新的參賽表，但就算這樣，照理只要是D班學生，無論何時都可以確認、閱覽內容。只要告訴茶柱老師想看參賽表，以班級權力來說應該都是可以看的呢。」

隨時確認清單這點事，應該會受到允許。換句話說，就算她在暗地裡行動，結果也只要反覆確認參賽表，就能知道參賽順序。

櫛田……不，如果是龍園的話，肯定會讓她這麼做。

「但只要把真正的參賽表藏到最後一刻提交，就算之後有人看見，應該也更改不了吧。我覺得這還是會防範未然呢。」

「那樣的話或許參賽表就不會外流呢，但我沒想到那裡。」

「啊，但擅自做這種事，之後其他人也會混亂吧——……應該不行呢。」

那個想法的方向不錯。要讓以這份參賽表為中心的間諜活動無效，就必須事先出招。確實就像櫛田所說，只要在即將截止前提交參賽表，就算對方得到消息也是在截止之後，因此得不到效果。但就算這樣，也會造成毫不知情的同學混亂。擅自改變大家一起決定的事也會招惹反感吧。正因如此，看穿到這程度之後，假如最初就考慮到外流的可能性，班上預先製作多張參賽表才最為理想。透過這麼做，讓大家不管提出哪一種都可以應戰。這樣也會連結至洩漏對策，班上既不會反彈，對方也會對隨機提出的參賽表束手無策。這樣就可以完全搗毀洩漏計畫。

「我了解事情經過了，但我可不是犯人喲。可是我也不想懷疑同學耶。」

「那之後要和茶柱老師確認看看嗎？確認有沒有學生在參賽表提出後，還特地來確認清單。如果有的話，那個人很可能就是犯人。」

尤其如果承認用手機拍照的櫛田有去看，她的嫌疑就會更深。

「…………」

櫛田閉上了嘴，臉上首次消去笑容。這代表著她默認自己有去確認。

但隨即浮現別有深意的笑容。

「——呵呵，綾小路同學，你果然不是泛泛之輩。」

櫛田笑道。那裡有我以前見過的那張我所不認識的櫛田的臉龐。

「露餡了就沒辦法了呢。對呀，就是我流出了參賽表。」

「妳承認了啊。」

「嗯，如果被茶柱老師問話，我確實就會露出馬腳。那是時間問題呢。再說，我有把握就算告訴你真相，也不會被你拆穿。你不可能忘記吧？忘記你碰到我制服的事。萬一公諸於世，事情可就糟糕嘍。」

這是如果我和某人說她就是叛徒，她就會把沾上指紋的制服交給學校的威脅。

「我確實無法說妳就是犯人，然後把妳扭送。但妳就順便告訴我吧。船上的考試——那也是妳透過龍園告訴所有學生自己是優待者才導出的結果吧？然後，龍園要求洩漏消息當作回報。」

「你指的回報是什麼？你知道我不惜背叛班級打算做什麼嗎？」

「妳這次體育祭行動露骨到這種程度，就算不願意也看得出來。妳以前想拜託我的事情，動機也和那個一樣吧？」

「啊哈哈……嗯，原來如此。綾小路同學，還真的被你知道了耶。」

「嗯，我想知道妳背叛班級的明確理由。」

「你是指我想讓『堀北鈴音退學』的理由，對吧。」

「因為只有妳執著於瞄準堀北的理由，我怎麼樣都搞不懂呢。」

我本來想在體育祭前請她們當事人解決，但沒有順利進行。

「抱歉，我要讓堀北同學退學。就算被說了什麼，想法也不會改變。」

「換句話說，妳的意思是如果是為此，就算把D班推下去也無所謂？」

「是啊，我即使不升上A班也沒關係，只要可以讓堀北同學退學，我就心滿意足了。不過你可別誤會喲，堀北同學消失之後，屆時我就會和班上大家團結一致，以A班為目標。這點我就答應你。」

看來要阻止櫛田好像不可能。這傢伙就是懷有如此強烈的意志執行背叛行為。如果有必要的話，她應該也會接近葛城或一之瀨、坂柳這些人物。

「啊，但我有件事情改變了想法，而且還是剛才才改變的。那就是把你列入『希望讓他退學的名單』裡。換句話說，排除你們兩個之後，我才會以A班為目標。」

她帶著平時那不厭其煩的笑容這麼說，令人眩目。

「妳就不覺得龍園暴露妳的事情的可能性嗎？」

「我也不笨，所以不會輕易做出會留下證據的舉止喲。龍園同學能無動於衷地陷害人，而且也會說謊。我算是有在賭會不會被他出賣就是了呢。」

她彷彿是在說——即使如此她也有無數個辦法蒙混過去。

櫛田是認真打算擊潰堀北呢。

在這所學校的機制上，光是同伴裡有叛徒，就會被重複絕望的戰鬥。

參賽表順序、戰略，一切消息都走漏了。這樣還要堀北贏，實在很亂來。

唉……她無法以有叛徒存在為前提，並擬定戰略的這方面也有問題就是了。堀北如果是真正優秀的人，我還真想請她使出利用叛徒獲勝的這點特技。

「體育祭上堀北同學遍體鱗傷呢。沒辦法幫助她，你應該很遺憾吧？」

「誰知道呢。」我如此簡短答道。儘管我們互相敵對，但還是挑戰了兩人三腳。

3

須藤同學從我面前離去，大約經過了一小時。如果有順利照著計畫表來處理，最後的競賽應該也差不多快要到來了。須藤同學的漏洞絕對不小。雖然想像得到平田同學他們勇敢奮戰的模樣，但結果無法令人期待呢。

無力的我只能呆然、茫然地站著。

我只能一直佇立在電梯前。

就算我回到陣營告知要中場退出，我也沒能力支付替補所需的點數。我手上的點數之後要被龍園同學全數沒收。換言之，我也無法幫代為參加的同學扛下費用。我就算回去也是個無力的存在。

然而，我無法離開這地方的理由不僅如此。

假如須藤同學在我稍微從這裡離開的時間點回來，他一定會很失望。

再說，在D班的敗北幾乎已定的情況裡，我想做自己能夠做到的事。

我相信須藤同學會回來。

僅此而已。

然後，我的那份想法實現了。

「妳……還真的一直留在這邊喔。」

「你總算回來了呢，須藤同學。」

我表現得很冷靜，可是心裡很高興。

看見須藤同學搭入電梯的模樣時，我甚至忍不住發出聲音。我打從心底認為電梯裡有可以監視的攝影機真是太好了，因為可以讓我獲得冷靜下來的時間。

「體育祭應該已經結束了吧。」

「或許如此呢，可是如果你現在回來，說不定還趕得上什麼競賽。」

「出場那種比賽又能怎樣，已經等於是輸定了吧。」

「這場體育祭，確實有超乎想像的淒慘結果等著我們D班。我受傷退出，而且高圓寺同學從最初就不參加，你也是中途退出比賽。同學們比起別班勝率也很低。」

我抱著逆轉希望想挑戰的推派競賽，也一定很災難性吧。

「我可以把你回到這裡，想成是為了回到比賽嗎？」

「才不是。我是在想妳也許還留在這裡，我是在確認這點……」

「這樣啊。在這一小時等你的期間，我在腦中試著整理了各種事情。我再次思考了自己是怎樣的人，以及你是怎樣的人。我在想，我和你果然很相似。」

總覺得獨處冷靜下來，那個答案總算變得明確。

「沒任何共通點啦，妳和我差太多了。」

「不，我跟你非常像。我越想越這麼覺得。」

那並不是謊言，是我發自內心的話語。

「總是獨自一人，總是很孤獨，但仍舊相信自己辦得到而一路走來。要說我和你有不同之處，那就只有想被認可的對象是一個人，或是一群人了吧。學生會長的事情，就如我之前所說的

那樣，你應該知道吧？」

「嗯，是那裝模作樣的傢伙吧。他好像是很厲害的人。」

「那是我哥哥。」

「……啊？……話說回來……妳好像說過在和他吵架還是什麼的……」

我對正在回想的須藤同學自言自語般說起哥哥的事。

「我們兄妹之間的關係，和感情好的兄妹天差地遠。原因錯在我能力不足。哥哥很優秀，討厭和無能的我有所瓜葛，所以我才想拚命變得優秀。不管是讀書還是運動。即使現在我也依然很努力。」

「等、等一下。妳腦筋很好，而且也很會運動吧？」

「一般角度來看是這樣呢。但就哥哥來看，那才沒什麼大不了，而且是理所當然要辦到的領域。」

哥哥很可能在國一、國二時就達到我的水準了吧，又或者是更早。

「我為了追上哥哥，完全不看周圍一路跑來，結果就是我總是獨自一人。回過頭來，誰也不願跟隨我。我本來覺得這樣就好，因為我相信只要自己夠優秀，哥哥總有一天會願意回應我。即使是這場體育祭，我也做了自己的考慮。只要參加許多競賽，並且表現活躍，哥哥也就會看見我。我會說想要跑接力賽的最後一棒，理由也只是這樣。我心裡微微地期待這樣他是不是就會來

和我說話，或是替我加油。像是為了班級、為了自己之類的，那種事情其實只是次要。」

因為面對了須藤同學的脆弱，我也成功面對了自己的脆弱。

「妳無法得到他的認同嗎？就算那麼努力。」

「嗯，完全無法。但我總算發現了，發現我才不優秀。我在這場體育祭上被龍園同學隨心所欲地打倒，沒留下半件滿意的結果。這樣的我是不可能讓哥哥認可的呢。我以A班為目標，是為了讓哥哥認同。那不會改變。可是，我發現為了那個目標的手段是錯誤的。我在想或許不該孤軍奮戰，擁有夥伴才能接近頂尖。」

「妳不放棄嗎？」

「要說我和你有不同的地方，就是那部分了呢。我絕對不會放棄。為了讓哥哥認可我，我會努力成為不丟臉的人。」

「那條路很辛苦喔……」

「是啊。世上如果只有自己一個人，就一定不會痛苦，而且還會很輕鬆吧。但想那種事也沒用。世界上存在好幾十億人，我們周遭也存在無數的人，是沒辦法無視的。」

人無法獨自生存，一定得和誰一起走下去。

這場體育祭對D班而言是試煉，同時也成了可貴經驗。

「我說過呢，說過你還會再施暴，然後還拋下了你。可是不是那樣的，那不是正確答案。假如你又快要走歪路，到時我會把你給帶回來。所以，畢業為止的期間，你就借我你的力量吧，我也會答應全力幫助你。」

我注視著他。目不轉睛地看著他。因為我想讓他接受我的決心。

「剛才為止明明完全不是那樣……為什麼妳這次的話會這麼沉重呢。」

「也許是因為我坦率地承認了呢。我其實……是個很沒用的人，而且發現只是我不正視而已。」

我無法無所顧忌地和別人說出這種話，但他若和我是同樣的存在，那就另當別論了。

「我再說一遍，須藤健同學，把力量借給我吧。」

「堀北……」

須藤同學雙手用力握拳，便用那兩顆拳頭敲了一下自己的額頭。

「啊──……這是什麼感覺啊。雖然我搞不太懂，但總覺得清醒過來了……」

他這麼說完，便往我靠來一步。

「我會幫妳，堀北。我……我總覺得這是自己在籃球以外第一次被人認同存在意義。我想回應妳的那份心意。」

我知道自己對這些話自然而然洋溢出笑容。這是我初次迎來的情感。

我胸口的這份悸動是什麼呢？我只知道那不是友情、愛情這類情緒。

是有別於那種情緒的……對，說得害羞點，就是結交到了夥伴。

那和綾小路同學和哥哥都不一樣，是我所欠缺的東西。

這肯定還遠遠不足。

不過，我應該已經踏出最初的一小步了吧。

高度育成高級中學學生基本資料　　時間7/1

姓名	神室真澄 Kamuro Masumi
班級	一年A班
學號	S01T004714
社團	美術社
生日	2月20日

評價

項目	評價
學力	C
智力	D+
判斷力	B-
體育能力	B+
團隊合作能力	D

面試官的評語

學力、智力皆為平均水準，但話不多，團隊合作能力不足。另外，言行也有改善之必要。

導師紀錄

性格乖巧，完全沒對班級做出妨礙行為。可是，我確認過她幾乎沒有親近的朋友。

後半場的最後，總結這場體育祭的一千兩百公尺接力即將開始。除了D班以外，場上的氣氛都升到最高潮。

「是最後競賽了呢……這裡也必須找替補——」

「呼啊、呼啊！抱歉，久等了！現在怎麼樣了！」

氣喘吁吁的須藤，以及稍微慢了點的堀北都回來了。

「須藤同學，你回來了呀。」

「……抱歉啊，我上大號拖有點久。」

那張表情隱約看得出來心情輕快。

然而，許多學生對須藤卻是冷眼相待。須藤正面接受了那些眼神。

「抱歉，我因為發火而揍了平田，還降低了士氣。D班快要輸掉也都是我的責任。」

須藤在被人責備之前先這麼說，並且深深低下了頭。如果是至今為止的那個須藤，這種事情他連演都不會演吧。感覺得到他一定發生了什麼。

平田有些驚訝，也有點高興地笑了笑。

雖然他那張有點腫脹的臉頰令人心疼，但他好像已經不介意那種事情。

「幹嘛啊，健。這很不像你喔。」

池不禁對這副模樣吐嘈。

「自己做錯的事情就必須承認錯誤呢，也讓我和你道歉吧，寬治。」

「我們輸掉也不是你的錯，畢竟我也不擅長運動……抱歉啊，我派不上用場。」

因為一個道歉，大家都漸漸諒解了他。大部分瞪著須藤的學生們也幾乎都沒能留下須藤那樣的成績。

「要是接力的替補還沒決定，就讓我跑吧。」

「除了你以外，就沒有其他學生可以交付了喲。對吧，各位。」

最終競賽一千兩百公尺接力的規則是混男女。各班跑者必然要設定成男女各半。男女各三名，一人跑完兩百公尺。

「我能要求替補嗎……因為我這雙腳無法留下令人滿意的結果。」

須藤的事情談妥後，堀北便抱歉似的提出請求。

「這樣好嗎，堀北？妳為了比這場接力一直很努力吧。」

「……沒辦法，憑我現在的狀態，也不知是否能贏過池同學。抱歉。」

沉重嚴肅的會議場合上，堀北也跟著須藤深深地低下頭。

她至今有變得這麼坦率過嗎？

堀北的身心經龍園之手徹底破壞。

她爭取到的最後一棒，是她自己為了在這一天、這一刻，和哥哥並肩同行，而在心中描繪出的事情。

儘管不甘心地顫抖雙手，她也拚命抵抗那無法實現的夢想。

如果強行出賽，D班就無疑會在接力上敗北。

平田答應此事、點頭同意，並決定讓櫛田代為參加。

以須藤為首，再加上平田、三宅、前園、小野寺等五人，並決定讓櫛田代替堀北出賽，D班以此編隊挑戰接力。

因為D班裡沒有除此之外感覺能參加的短跑選手。

決定成員之後，平田在我以眼神示意的同時開口說道：

「那個……抱歉，雖然很唐突，但其實我——」

但另一名男學生就像在插話似的同時做出發言。

「等一下。抱歉……也能讓我棄權嗎？」

這麼說的，是原定要參加男生名額的三宅。他好像有點拖著右腳。

「其實我在上午的兩百公尺賽跑時扭傷了腳踝……我本來覺得休息就會痊癒，但還是很痛。」

看來這裡也有學生不小心受傷。

「這麼一來，好像也必須從男生裡派出一名替補了呢。」

平田這麼說，止住說到一半的話，接著張望四周。

然而，這場最後的競賽，如果對腳程沒有絕對的自信，應該不會有學生想參加吧。

等了一會兒也沒有出現自願者，我於是決定報名。

「那可以讓我跑嗎？當然，我會支付代跑的點數。」

「咦？給綾小路跑嗎？你……腳程快嗎？」

當然，任何人應該都對我沒抱有腳程快的印象吧。

「我贊成喔。我至今為止都一直觀察大家，我認為他是會確實留下結果的人。」

平田一句話就封殺了近似反對意見的發言。這是平時就贏得信賴的男人的說話分量。誰都變得無法做出反駁意見。

「另外，D班的陣容不能說是最佳成員，所以要不要以搶先甩開對手的作戰去跑呢，須藤同學？我想從規則去思考，這也能取得優勢。我認為由擅長起跑、腳程快的你先甩開對手，一口氣贏得距離會比較好。形式是我維持你贏來的優勢，再把領先優勢交給後面學生。」

那是也會摻雜高年級生，十二人同時起跑的終極接力。由於無法準備十二人份的跑道，所以起跑會並排。規則是可以由領先者使用內側跑道。換句話說，最重要的就是最初占位。如果可以在起跑衝刺上搶先第一，不用捲入混戰就可以解決。

「……算了，沒辦法呢。如果要贏的話，除此之外應該也沒辦法。」

順序是須藤第一棒，擁有穩定腳程的平田第二棒，接著插入含櫛田在內的三名女生，最後則是我。再怎麼說我的評價似乎也比女生高，於是成了最後一棒。就理由來說，這目的是想把跑得慢的學生放在中間消耗吧。這樣比較省事。

各年級、各班選出的傑出菁英們集中在操場中央。其中也有堀北的哥哥或南雲等人的身影。

「須藤同學，交給你嘍！」

櫛田等跑者配合如此喊叫的平田，也對須藤喊出高亢的聲援。須藤表現出了幹勁，進了跑道。一年級好像稍微比較有利，排列配置是D班位在最內側，三年A班在最外側。

因為到三年級為止有三名女生，起跑優勢感覺很壓倒性。

氣氛高漲到最高點之後，最後的接力賽終於要開始了。

雖然我們D班在體育祭上沒勝算，但只要在這裡拿下勝利，今後發展說不定也會大有改變。應該有這種預感吧。

我們的陣營裡也傳來了加油聲。

道。

「真是好險，我差點就棄權了呢。」

「是啊，沒想到三宅會受傷。」

我一開始就原定要在這場最後的接力代替平田參賽。當然，這件事除了平田之外，誰也不知道。

「這樣就可以了吧，綾小路同學。」

「嗯，請你做了各種安排，還真是抱歉啊。」

「這對D班來說，是理所當然的事情喔。我也不願意一直被龍園同學打擊，我可以想成他會因為你去跑而稍微受到驚嚇吧？」

「我會不辜負你的期待，好好努力。比起這個，我們現在先幫須藤加油吧。」

須藤毫無緊張之色，在宣告起跑的聲音響起同時，跑出了很理想的起跑。即使在至今看過的練習裡，這也可以說是時間點最佳的衝刺。他展現出從第一步就領先十一人的氣勢。我可以看見他在學生們發出「唔哇！」的聲援同時高速向前移動。

「好強，真快！」

須藤展開壓倒性表現，連在一旁觀戰的柴田都很佩服。

二、三年級男生的速度應該也很快，但他們卻被捲入混戰，苦於占位。須藤趁機逐漸超前，帶著十五公尺以上的優勢回來。

「交給你了，平田！」

D班對這理想的領先熱血沸騰。須藤把棒子遞給下一名跑者——平田。這名讀書、運動都完美的混合型男人，在此也表現得很華麗。後續學生也跟在後頭，不過拉開的差距幾乎沒被縮短，我們如計畫維持領先，就這麼輪到第三棒的小野寺跑。如果要說有問題的話，就是從這裡開始的。小野寺就女生來說跑得很快，但後面逼近而來的幾乎都是男生們。那些領先穩穩地逐漸被拉近。交棒給第四棒的前園時，領先就幾乎已經消失，我們在她跑出時，總算被二年A班的男生超前。

儘管我們以第一名為目標，但高年級生果然很強。前園接著甚至被三年A班超越，逐漸被後面跑者逼近。三年A班和二年A班變得領先。這應該就如周圍的猜想吧。然而，體育祭總會發生意外。要把棒子交給第五棒的那名A班女生，在距離下一名跑者後方大約五十公尺處不小心摔了跤。雖然她急忙重新站起，但二年A班趁機領先，轉眼間就產生了劇烈的差距。棒子交到第五棒櫛田手上時，D班也被同年級的A班超前，掉到了第七名。綜合能力上好像還是其他班級比較有利。我原本以為至少能把上台領獎當作目標，但這好像成了一場嚴苛的硬仗。在一年級無法匹敵的情況中，只有一年B班作為第三名拚命緊咬上去。

B班的王牌柴田一口氣集中眾人目光。他好像負責最後一棒，和我一樣正在待命、等待出場。

三年A班的第四棒跌倒，排在最後一棒的男人們的狀況因此為之一變。

「這場比賽是我們的勝利呢，堀北會長。如果可以的話，我還真想和你跑場勝負難分的比賽。」

南雲一面注視著最領先的跑者——二年A班學生，一面笑著。跑在第二名的三年A班應該有三十公尺的差距。如果是彼此實力相當的跑者，那是絕對贏不了的距離。

「綜合分數上好像也是我們班會贏，這就是新時代序幕了吧——」

「你真的想改變嗎？改變這所學校。」

「至今為止的學生會都太無趣了呢，太固執於遵守傳統。嘴上說著嚴厲的話，卻同時不忘救濟措施。不太會出現退學者的天真規則，那種東西已經不需要了吧。所以，我只要制定新規則就好。創造終極的實力主義學校。」

南雲這麼說完，便邁步而出。他開始助跑，接下逼近自己的接力棒。

棒子遞給了代表二年A班的南雲。

不久，柴田也在第二名這絕佳狀態下接下棒子。

「好，Nice！接下來交給你！」

眼神炯炯發光的柴田追趕南雲，飛奔而出。

因為我們之間的學生跑出，雖然只有一瞬間，不過我和堀北的哥哥對上了視線。

簡短對話裡可以看出的事情很少，但這個男人也正在戰鬥。

「沒想到你居然會是最後一棒呢。」

「我是傷患的替補。原本這個位置預定會是你妹妹。」

「這樣啊，那傢伙以自己的方式掙扎過了呢。」

就算只有這個瞬間，堀北也夢想著要和堀北學並肩同行。

即使無法交談，她本來也打算傳達自己的心意吧。

「我觀察了你們班，到剛才我都以為你們是無可救藥的班級，但在這最後的接力賽跑上，我卻感受不到這點。發生了什麼事？」

「真是觀察入微呢，一年Ｄ班不是需要留意的存在吧。」

「我會觀察所有班級，這點不會有例外。」

「如果要說有改變，那就是因為你的妹妹改變了。」

「……這樣啊。」

他沒有驚訝，只是帶著平時的冷靜表情簡短回答。

「問你一件事。那你又如何呢？我無法從你身上感受到熱情。」

「我就一如往常。也對體育祭不那麼感興趣。畢竟都知道結果了呢。」

班級的想法。

須藤的想法。

堀北的想法。

我對那種東西沒太大興趣。

不過，我有一個預感。

「你畢業後應該就無法見證了吧……但我們班可是會變強喔。」

「我對那種假設的未來沒興趣呢。」

我刻意叫住打算把視線移往接近過來的夥伴身上的堀北哥哥。

「那麼，我個人是怎樣的人——你對此感興趣嗎？」

「什麼？」

這是他應該動身助跑的時機，但他就如我所想的一樣，停下了動作。

「假如你希望的話，我也是可以陪你賽跑。」

「……你這男人還真是做出了有趣的發言呢。是我弄錯了嗎？我還以為你至今都討厭引人注目，而且避免公開活動。我本來判斷你在這接力賽也會隨便帶過作結。」

「你願意捨棄爬得上第二名的可能性來和我比賽的話，我就接受挑戰。畢竟一年級和三年級根本就沒什麼機會併肩而戰呢。」

面對我做出的意外挑釁，堀北哥哥完全停下腳步，把身體面向了我。

「有趣。」

他這麼簡潔答道，就沒打算再跑出去。最困惑的是三年A班的第五棒吧。因為他為了把棒子交給最後一棒而拚命跑來，堀北哥哥卻就這樣佇立原地接下棒子。

「辛苦了。」

「啊，咦，喔喔……」

雖然不知名的三年級生對堀北哥哥若無其事收下棒子的態度感到驚訝，但還是退了下去。這恐怕是一場前所未有的接力賽。

大部分察覺情勢異常的觀眾們都看向了堀北的哥哥。本來第三名的三年A班接連被後續跑者超前，接著，D班的櫛田終於往我靠了過來。

櫛田也發現了這異樣的情況，但還是全速跑了過來。還剩幾秒距離。

「在決勝負之前，我先跟你說件事。」

「什麼？」

我在彼此準備進入助跑的階段，決定先告訴他這句話。

「——盡全力跑吧。」

雖然只有一瞬間，但我隱約覺得消失在我視野後方的堀北哥哥稍微笑了笑。

現在，棒子就要交到我身上。

「綾小路同學！」

我接下櫛田傳來的棒子，開場就馬力全開，向前衝去。

至今的人生裡，我從未在寬闊世界裡認真奔馳。

這狀況和我在無情感的房間裡淡然地不停奔跑時根本就不同。

現在是離轉涼時期還久的十月初。

我的身體沐浴著涼風。

追上、超前前方跑者之類都無所謂了。

這瞬間，和跑在我身旁的男人一決勝負才是一切。

我們就像在劃開風似的全速奔跑，逐漸與前方跑者縮短距離。

「不會吧！」

一名學生在我超前時發出驚訝不已的叫聲，但聲音馬上就隨風而去。

接著，我連歡呼聲都聽不見了。

這和戰略、智謀都無關。

純粹是與跑在我隔壁的堀北學之間的單挑。

我過了第一個彎道，過了直線，接著跑向最後的彎道。

你看——我可以再加速喔——

操場中響徹怒吼般的歡呼聲。

1

「……你跑超快的耶。」

我一比完回來，輕井澤就一面撇開視線，一面這麼對我說。

「只是對手跑得慢吧。」

「不不不，你看了周圍的反應之後，還能那麼說嗎？」

「玩笑話就先不說了，結果我還是沒辦法贏學生會長吧。」

「唉，那是沒辦法的吧，因為跑在前面的人跌倒。」

前面跑者對我們驚異的追趕感到慌張而跌倒，我眼前的道路於是被堵住。雖然我避了開來，但那些微的損失很巨大，堀北的哥哥因此跑到了前面。

要是沒有意外，結果就不知會是如何了，不過那種事怎樣都無所謂。

起碼我在這場最終競賽上集中校內的視線，應該是唯一可以確定的吧。
大部分跑完的傢伙都對我投來好奇眼光。
「綾小路！你不是跑得超快的嗎！你至今為止都在放水嗎！」
須藤跑了過來，狠狠拍了我的背。他是全力打下，所以相當痛。
「因為我擅長的領域就只有逃跑速度。但這比我想像的還順利，那就是所謂的狗急跳牆呢。」
不只須藤，幾個對我跑步表現感到驚訝的學生都靠來找我搭話。
「那種速度光是那樣可無法說明呢，你這個騙子。」
稍微拖著腳走來的堀北用手刀攻擊我的腹部。
「你們啊，這可不是該對全力戰鬥歸來的士兵做出的行為呢……很痛耶。」
因為堀北來會合，輕井澤為了不打擾到我們，因此自然而然地保持距離。
佐倉也遠遠地看著這邊，不過因為有很多人在，所以她沒有靠過來。
「要是你從一開始就用剛才的感覺跑，狀況明明就會不一樣。但你為什麼拿出真本事了呢？這樣也會受人注目呢。」
就如她所說的。先不論平田、柴田那種以前就被認定跑很快的學生，或是須藤那種在體育祭一開始就拿出真本事，至今為止我都是平凡地在過日子。

無論如何，這反差都會成為影響，但那也是端看我的想法。

在參賽表名單動手腳，或保留我這個存在，都是平田和堀北在暗地操作的策略——要做這種表面也沒那麼困難。

尤其對龍園那種會出其不易下手的對象，這將發揮出強力的作用。

「差不多要公布結果了呢，走吧。」

學校運作是與閉幕典禮同時發表結果。

全體學生看向巨大的電子布告欄。

「那麼，現在起要宣布本年度體育祭的勝負結果——」

電子布告欄上分成紅、白組的數字開始計算，數值增加了起來。

全部十三項目的總得分，獲勝組別是……

分數與「紅組勝利」之文字同時宣布出來。

比賽競爭非常激烈，但ＤＡ聯盟的紅組好像拿下了勝利。

十二個班級全部分成三組，其表示也一併出現，各班得分逐一顯示出來。

對我們來說，二、三年級的細項怎樣都好。

關鍵在於Ｄ班第幾名。

第一名　一年Ｂ班
第二名　一年Ｃ班
第三名　一年Ａ班
第四名　一年Ｄ班

「唔哇──！果不其然啊！我們輸了耶！」

「……唉，變這樣也是難怪吧。」

雖然紅組獲勝令人高興，不過，看來一年級的我們狠狠扯了後腿。該說這是必然的嗎？我們出現高圓寺、坂柳兩名缺席者，應該是很大的因素吧。

二、三年級Ａ班皆以壓倒性得分位居第一，Ｄ班也獲得了第二、第三名，可窺見穩定性之高。

但這就很哀傷了，因為作為紅組獲勝的Ａ班在綜合排名是第三名，所以是負五十點。Ｄ班最後一名所以負一百點。Ｃ班因為白組輸掉，而扣了一百點，Ｂ班綜合成績上則是第一名，但因白組敗北而扣掉五十點，所以結果是五十點。一年級以所有班級都如此倒退的結果告終。

我隱約覺得這時大家的疲勞都一口氣席捲而來。

就算這麼努力，班級點數卻還是減少，得不到回報。當然，個人競賽上獲勝的學生能在之後考試上接受補助，不至於完全沒用。

「那麼最後，我們要宣布各年級的最優秀選手。」

須藤最期待的應該就是這部分吧。

假如可以拿到第一名，須藤就會被允許光明正大直呼堀北的名字。

然而——

一年級最優秀獎是B班的柴田颯。

電子布告欄上這麼表示。

「唔啊啊啊！果然是這樣！」

須藤失去最後希望，而發出慘叫，垂頭喪氣。柴田總是不斷重複第一、第二名。雖然須藤在所有個人競賽都拿下第一名，但缺席應該還是大大影響結果。既然得分高的接力賽也輸掉，那就沒轍了吧。

閉幕典禮結束後，他也不甘心地持續凝視著布告欄。

「須藤同學，你無法拿下學年第一，你還記得約定吧？」

「……嗯，我是很不甘心，但約定就是約定。今後我會叫妳堀北。」

「這心態不錯呢。」

堀北有點壞心眼地笑了笑。

「我忘了說一件事。你只單方面地對我提出條件，我想起自己沒把我的要求說出來。」

「什麼啊。」

「要是你拿了第一名，就要直呼我名字。你都提出那種任性條件，所以我在你沒達成那件事時要求某件事，應該就是理所當然吧。」

「嗯，是沒錯……」

「所以我要給你沒達成目標的懲罰。無正當理由，我絕對禁止你施暴。你可以答應我嗎？」

「……這是懲罰吧，我會遵守。」

「當然，你別忘記判斷正當性的人不是你，而是我或是第三者。」

須藤對這份叮囑也乖乖服從了。

因為這次事情，他發現自己的愚蠢，然後也或許學習了成長。

堀北慢慢轉身離開。

「對了……這場體育祭，我就像你一樣沒能回應大家的期待。」

「啊？妳受傷了，所以沒辦法吧。」

「即使如此我也無法原諒自己，所以我也必須承擔處罰。」

堀北這麼說完，便頭也不回地如此說道：

「所以，假如你想叫的話，我也可以允許你直呼我的名字。」

「啥？喂、喂！」

「那就是我的處罰。」

這就是堀北自己的妥協點、中間方案。

「雖然我們是最後一名，但是多虧你，我才能對今後的戰鬥懷抱希望。我真的很感謝你。」

「……嗯、嗯嗯。」

須藤害臊地蹭了蹭鼻子下方，看向別處，把雙頰染紅的原因推給夕陽。

「太——好——啦啊啊啊啊啊啊！」

須藤就像一掃所有疲勞似的吶喊，對天舉起雙臂。

「體育祭太棒啦！真是太棒了！鈴音！」

「真是太好了呢，須藤。」

「對啊！」

「抱歉在你們興頭上打擾，可以耽誤一下嗎？」

在我想撤退並接近校舍之時，我被人這麼搭話。一名沉穩的女生前來攀談。我完全不知道她的名字或性格等等，但我有在騎馬打仗上見過她，只知道她是A班學生。

「之後換完衣服也可以，能請你陪我一下嗎？」

「……為什麼是我？」

「因為有點事情。你五點過來玄關吧。」

「喂、喂，綾小路。什麼啊什麼啊，這是怎樣的發展啊！」

我腦裡剎那間也浮現出告白般的劇情，但我從這名女生身上感受不到那種氛圍。

「喂，所謂有些事情是怎麼回事——」

我試圖叫住她，但少女毫不在乎地離去。

「什麼嘛，你的春天也到來了嗎？」

「看起來不像是那樣……」

「有可能是女生看見你在最後一棒表現亮眼而一見鍾情喔。」

「……真傷腦筋……」

話雖如此，但我的心臟可沒強到可以無視被人叫出。

我目送完不認識的少女，就在置物櫃換上制服，回到了教室。

由於我們被命令在閉幕典禮同時各自解散，半數學生都已經在歸途上。

身穿制服、遲了點回來的堀北一回到我隔壁座位，就來找我說話。

「這次真的徹底輸了呢。」

堀北這麼說道，表情毫無陰霾。

「不過，總覺得你讓我在這場體育祭上大大成長了呢。化失敗為今後的力量——沒想到我使用這句話的一天也會到來……我真的就是那種心情。」

「是啊。如果妳覺得自己有所成長，這樣就好了吧。」

「這個班級會變強，而且一定會往上爬。」

「這真是不適合妳到令人背脊發涼呢。」

「……是啊，這很不像我呢。」

堀北自己好像也很不知所措，有點難為情地撇開眼神。

「但為此的課題堆積如山，身邊也有不得不解決的問題。不過，為此我得先磕頭道個歉才行呢。」

「磕頭道歉？」

我很好奇她突然丟出的名詞，但她沒打算特別補充。

「是件與你無關的事。今天謝謝你了。」

在體育祭上用盡體力的學生們筋疲力竭地接連離開教室。再怎麼說今天好像也不會有社團活動，須藤同學邊和池同學他們談天，邊走了出去。我隔壁鄰居的綾小路同學好像也要回家，而早早就離開了座位。他好像很在意我還沒離席，而看了過來。

「妳不回去嗎？」

「嗯，算是吧……因為有些雜事。」

「妳平時明明都很早回去，偶爾也是會有稀奇事呢。」

「偶爾也是會有這種時候。那就這樣，今天辛苦你了。」

同學就這麼一個接一個消失，眨眼間教室就只剩下我。

事到如今我留下的理由就不用說了。

是為了赴龍園同學的約。這場體育祭，我完全被龍園同學玩弄在股掌之間。現在這麼確定也是事後諸葛。我無法施行任何對策，被他隨心地擺布。

不過——

總覺得我的心情也很明亮。我被人徹底擊潰了——我如此深深體會。

我懂自己是遠比自己所想的還脆弱、沒用的人。我想我不得不感謝他告訴了我這件事。

即使如此，我們揹的債也絕對不輕。因為不僅是我，許多學生都會被迫負擔。轉移一百萬個人點數給C班，也相對潛藏之後苦戰的可能性。

「久等了，堀北同學。我和朋友稍微聊得忘我，對不起呀。」

和朋友出過一次教室的櫛田同學邊雙手合十，邊回來了教室。

「沒關係，距離約定時間好像也還有些空閒，走吧。」

3

「嗨。看來妳沒逃避，而是過來了呢，鈴音。」

「要是在此逃走，我就會成為無可救藥的人。我當然會赴約。」

「妳真是不錯呢，成了比之前更好的女人。」

就算被那麼誇獎，我也絲毫不感到開心。

「但在和你對話之前……妳也該結束鬧劇了吧，櫛田同學？」

「咦？鬧劇？妳到底在說什麼呀？」

我在染上夕陽的校舍裡，主動正面與櫛田同學對視。

「妳要在場裝作好人也無所謂，但目的是什麼呢？這次體育祭就是妳走漏消息，所以C班才會順利推進計畫。妳像這樣和龍園同學待在一塊，也是為了順利推進發展……不是嗎？」

「……討厭啦，這種事情妳是聽誰說的呢？平田同學？綾小路同學？」

「不，那是我自己感受到的，因為我無法徹底抹除突兀感呢。現在這個場面除了他之外沒有任何人。妳也差不多該面對了吧。」

「妳說面對，是指面對什麼呢？」

「一開始，我在巴士上看見妳說服高圓寺同學讓位。老實說，當時我不知道就是妳，不過我馬上就回想起來了……」

我目不轉睛地看著櫛田同學的眼睛，並且這麼說。既然她和龍園同學勾結，我就要深入核心。

深入我至今認為不必觸及，而沒去提及的事。

「——想起『我的國中』裡有過像櫛田桔梗妳這樣的學生。」

她總是保持笑容，但假如那件事被我說出來，她也就無法一直這樣笑瞇瞇的了。

我看見她在我眼前第一次垮下表情。

但那又是別種笑容。

「妳馬上就想起來了啊。畢竟我在『各方面上』可都是問題兒童。」

櫛田同學這麼說完，就沒有回答，只是靜靜低下視線。

「那種形容應該不正確吧，妳才不是問題兒童，像現在妳在D班就是受到任何人信任的學生。但——」

「能請妳別繼續說往事了嗎？」

「也是，事到如今就算說過去的事也沒意義呢。」

龍園同學開心地聽我們的對話，同時浮現笑容。

「既然話題接上，妳應該就已經明白了吧——明白我想怎麼做。」

「嗯，我也差不多發現了呢，妳想把我從這間學校趕出去。但那對妳而言也是很大的風險吧。假如我暴露真相，妳不是會失去現在的地位嗎？」

「作為人，我和妳哪一方比較受信任是很清楚的。這就所謂低風險的選擇呢。」

「但假如被我暴露出來，妳不會困擾嗎？就算沒半個人相信我說的話，也會留下疑問。至少我和妳曾經是同所國中，是無法否認的要素呢。」

「是啊，不過……萬一妳和某個人說出我的事情，到時我一定會把妳徹底逼入絕境。那樣才會把妳寵愛的哥哥捲進來呢。」

我因為這句話不禁僵住身體。

正因為我聽過眼前這名叫做櫛田桔梗的學生的過去，我才知道假如我觸怒了她，哥哥恐怕真的會被捲進來。

這可以說是針對我的完美、無破綻的終極防衛手段。

然而，對櫛田同學來說，她也無法輕易行動。因為要是她露骨地做出牽連我哥哥的事，我也有可能變得自暴自棄。

正因如此，她才沒這麼做，而是擬定正面趕走我的策略。

「現在是這樣，但今後可沒有任何保證。為了做我自己，不讓知道我過去的人全都消失，我可是會很困擾的呢。」

「妳只要無視我不就好了？妳應該知道我不會和人有瓜葛，也不會干涉多餘的事情吧？」

「那麼聽見這件事的我，也會是妳的獵物嗎？」

「依情況不同，或許也有可能呢。」

雖然他們正在聯手，櫛田同學依然光明正大地斷言。

「呵呵，真是討厭的女人呢。算了，我就是喜歡這點才決定和妳合作。」

「我要和妳宣言一件事情，堀北同學。我會讓妳退學。若是為此的話，即使對方是惡魔我也會合作。」

櫛田同學這麼說完，就離開我身邊，站去龍園同學那一側。

「真是遺憾呢，鈴音。被可靠的同伴背叛。」

「這次我真是一直被你擺布呢，龍園同學。不……應該從更早之前開始吧。不管是船上的考

試、無人島、須藤的打架事件都是如此，我真的都一直在輸。」

一旦承認的話，這就是很簡單的事，這些話毫不費力就從我喉嚨說出。

「我們來解決事情吧。『你們』的要求就是點數和磕頭道歉吧。」

「先提醒妳，木下和妳的碰撞是純粹事故。那既不是別有用意，也不是惡意。社會上也是如此吧，發生事故就會出現一兩次和解。事情就是那樣。」

「……是啊。因為沒證據，所以明顯我會變成加害者。」

要申訴清白，需要相應的覺悟及力量。這次我不得不老實承認。

「但我要在此前提上先斷言，斷言這次的這件事情是你設計的。是你命令木下同學害我跌倒，我是這麼相信的。」

「這是被害妄想呢。」

「即使是妄想也沒關係，至少可以請你告訴我嗎？你在這場體育祭上設了怎樣的圈套。」

「妳都難得要磕頭道歉了，如果要想像妳的妄想是怎樣的內容，應該就是這樣吧。」

龍園同學一面開心地笑著，一面滔滔說起作為妄想的發言。

「我在體育祭開始前，叫櫛田拿到D班所有參賽表，所以我就弄到手了。接著配合它編列能力適當的人才，摘下勝利。當然不只如此，我也徹底調查過A班了呢。」

「真是漂亮的指揮。事實上你們確實贏了D班和A班。」

儘管在綜合能力上不及B班，但他們無疑奮戰了一番。

「不過，你們應該可以贏得更有效率吧？為了擊垮我，還把兩名王牌級的人物碰上我，而且有一個人還受傷退賽。那令我很費解呢。」

「呵呵，意思就是光擊潰妳的這理由就很足夠了。因為這次我打從一開始就對綜合分數上獲勝毫無興趣呢。」

「但是你的戰略很走運。真是太好了呢，因為你在執行讓木下同學害我跌倒的命令時被兩項巧合所救。那就是──我受了無法繼續比賽的傷，以及木下同學自己跌倒受了重傷。哪一種都不是蓄意就能辦到的事情。」

在我心中亂序的便是該部分。因為她如果是擦傷，情勢就不會變成如此嚴重。

「妳的傷勢的確是偶然的產物。如果故意讓妳受傷的話，無論如何都會變得很明顯。貿然碰撞，嚐到苦頭的就會是木下。所以，我讓木下徹底練習了一件事。練習了與對手碰撞，看起來跌得很自然。」

一般人受到這種命令通常都會反抗。該怎麼做才能讓她如此乖乖服從呢？

「還有木下的傷……那怎麼可能是出自於偶然。」

「咦……」

「她的確是跌倒了，不過重傷當然不可能那麼簡單就造成，所以我只叫她裝作很痛，並且

讓她從體育祭舞台上中途退場。之後很簡單。我在她接受治療前，直接讓她受傷了呢。就像這樣

——」

他說完，就狠狠踩了走廊地板。

碰！毛骨悚然且恐怖的聲響，響徹了整個走廊。

「是你傷了她……？把她……？」

「我說要配給她五十萬點，她就答應了呢。錢的力量還真是恐怖耶。」

也就是說，讓她受重傷是最初就決定好的呢……

我打從心底對他的想法和執行力感到恐懼。他為了獲勝，真的不擇手段。

不過，我沒想過他會老實講到這種地步。

「你被我問什麼，就如實地滔滔說出這種事，這樣好嗎？」

「什麼？」

「假如我錄下了你的自白，事情會變得怎麼樣？」

我說完，就拿出手機給他看。

「這是妳剛想到的虛張聲勢吧？」

「我只是作為最後賭注在誘導你，沒想到你卻說了出口，我很驚訝呢。」

我操作手機，在特定的時間點播放。

『我在體育祭開始前，叫櫛田拿到D班的——』

「如果你們要控訴我，或是要求點數與磕頭道歉，我就會拿著這份證據戰鬥。那樣傷腦筋的會是哪方？」

「唔……！」

龍園同學第一次消失笑容、消失話語。

「鈴音……妳……」

「就我立場來說，我也不想鬧大，所以這次就這樣——」

「呵呵、呵……哈哈哈哈！」

龍園同學忽然再次笑了出來。

「妳真是很能取悅我的女人耶。我一開始就說過了吧，剛才的話純屬虛構，我只是在奉陪妳的被害妄想。那只是妳在腦中擅自創作的捏造妄想呢。」

「即使如此，你有辦法確認那份妄想是否屬實嗎？我也可以刪除你說是妄想的部分，並且對音檔加工。」

只要剪掉前半部分，就無法確認那是謊言。

「萬一那樣的話，我也只要提供原檔，這才不會引起什麼問題。」

龍園同學無畏地笑著，然後從口袋取出手機。

「妳知道是什麼嗎？這是從頭到尾的錄音……不，是正在拍攝的影片。」

他說完，就把背後附著的相機面向我。那是比聲音更可靠的保險手段。

也就是說，龍園同學連我會做出最後的賭注都已經預想到。

這就是所謂……事情往往不會如此稱心如意吧。

我對校方提出刪除不利於我的前半段音檔，學校就會進入調查。

龍園同學他們也會遭到懷疑，但要因此斷罪是沒辦法的。要是企圖捏造他作為妄想說的話成為真相，我應該就會遭到責難吧。

「妳要承認嗎，鈴音？承認妳徹底慘敗的現實。」

櫛田同學也無畏地笑著。

這令我痛切地感受到自己是個蠢貨。

他不是以隨便想到的策略就對付得了的對象。我連最後的抵抗都告吹了。

「妳就捨去自尊，磕頭道歉看看吧，鈴音。」

我受到那句死刑宣告，靜靜下定決心要跪下。

「知道了……我就承——」

嗶嗶——這個場面上響起了很不相稱的音樂。

因為我眼前的龍園同學的手機響了。我想他本人也沒什麼留意。他只是為了尋找這個聲源，而不自覺將視線落在畫面上。

但是，始終不停浮現笑容的龍園同學，卻瞬間僵住了表情。

他看也不看我，便開始操作起手機。

然後，手機傳來彷彿在某處錄下的混雜聲音。

『你們聽好。為了陷害、擊潰D班的堀北鈴音，我要教你們該怎麼做。給你們看個有趣的東西。』

是龍園同學的聲音。那是研擬要在體育祭上執行的戰略時的對話吧。

他詳盡說明了剛才洋洋得意對我說出的事。

『我無意反對你的作戰，但請給我機會與堀北一戰——』

途中也錄進了伊吹同學如此插話的聲音。

『妳就在障礙賽上和鈴音跑，並且碰撞她吧。怎麼做都行，但妳可要跌倒喔。之後我會讓妳受傷，再從那傢伙身上搶錢。』

這聲音如此說著。我不懂究竟發生了什麼事。

「這是怎麼回事呢？龍園同學？這些聲音是什麼？」

櫛田同學好像也沒理解事態，而向龍園同學要求說明。

「……原來如此，原來如此原來如此。原來如此啊，呵呵，這不是很有趣嗎？妳知道這是

怎麼回事嗎？也就是C班中也有叛徒。然後，那傢伙不只把妳們，也把我玩弄於股掌之間。意思就是桔梗的背叛和鈴音會敗在我面前，那個人全部都料到了呢。哈哈哈哈！真有趣！真有趣耶，喂！在妳背地裡操縱的那傢伙真是太棒了！」

龍園同學就像在說這是傑作似的把頭髮往上撥，並發自內心笑了出來。

「妳被利用了啦，桔梗。妳背叛班級，以及把參賽者名單的資訊洩漏給我們，對方都計算到了。那個人什麼都看透了。」

「他從一開始就想到我的背叛行為……？你說誰能辦到那種事？難道是綾小路同學？我以前也不知道他的腳程之快……」

「唉，那傢伙也是候選人之一，但是我無法斷定呢。能夠準備這種錄音檔的傢伙，會不會輕易露出馬腳就是另一回事。或許有人能策動鈴音和綾小路，而依據情況不同，對方甚至也能策動平田。我接著會仔細找出那個人的身分。雖然沒成功從鈴音身上引出點數和磕頭道歉，但只要有收穫就算是不錯了吧。」

沒錯。我不知道那是如何辦到的，但他利用了C班某人，錄下了龍園同學的作戰。只有這點，我很有把握。

然後，他在接力賽上和哥哥之間的競賽，實在太令人費解了。那很不像是討厭引人注目的他。不過，正因為知道這點，我腦中閃過的人選就只有綾小路清隆。我知道他在已經被調查的狀

況下刻意採取顯眼的行動。至今在背地裡支配班級的人物突然拋頭露面，當然會受到懷疑。懷疑他是冒牌貨。

看見龍園同學不僅限定在綾小路同學身上，也就表示他背著我設了什麼陷阱。

「這次就到這邊。這封郵件的寄信者，應該也不會再繼續追究了吧。」

「這樣就好了嗎？假如他拿那份音檔威脅我們？」

「對方打算給學校的話，就會在更之後提出。因為在我們控訴之後才比較有效呢。雖然沒讓她磕頭道歉，但就我的目的來說，我已經達成了一半，已經算是很不錯了。」

4

我穿上制服之後，依約前往玄關，少女就如宣言那般等著我。

「所以，妳指的事情是……？」

「跟我來。」

「跟著妳，是要去哪……」

「特別教學大樓。」

還真是相當奇妙的地點。

沒詳細說明便邁步而出的少女抵達了特別教學大樓的三樓。

這層樓即使在校內也是少數沒設置監視器的地方。

「這究竟——」

當我正打算叫她，少女就要我等著，獨自走了出去。

她獨自路過走廊角落之後，就如此輕聲喃喃說道：

「我已經可以回去了嗎？」

「是的。辛苦妳了，真澄同學。今後還請妳多多關照。」

「……好的。」

叫做真澄的女生靜靜點頭，接著離開。

聲音的主人慢慢現身。

那名人物一面單手拄著拐杖，一面用冷冷的笑容看著我這邊。

是一年A班的坂柳。

「就是妳把我叫來的？」

我這麼問，坂柳卻什麼也沒回答。

接著，我和坂柳對視了一會兒。

傍晚的校舍，一名少女拄著拐杖站在我面前。

「你在最後的接力賽上大受矚目呢，綾小路清隆同學。」

我才在想她終於開口了，但原來是那種事啊？

「啊——抱歉。我可以稍微先寄封信嗎？有人在等我。」

「請。」

坂柳無不願之色，對我露出了笑容。我寄出事先準備好的信。

「那麼……就是妳叫我出來的嗎？」

「是的。」

立刻回答啊。

「所以妳有什麼事？可以的話，我希望妳快點切入正題呢。」

「看見你的跑步表現，我想起了某件事。我想和你共享當時的衝擊感，就不知不覺把你叫出來了。這根本就像是告白前兆，對吧。」

「我完全不懂妳在說些什麼……」

喀鏘、喀鏘。坂柳邊拄著拐杖，邊站到我身旁。

「好久不見了，綾小路同學。睽違八年又兩百四十三天了呢。」

「妳是在說笑吧，我才不認識妳。」

「呵呵，也是。因為是我單方面認識你而已。」

喀鏘。

喀鏘。

拐杖漸遠。

她到底是什麼意思？

我決定逕自結束談話，往坂柳的反方向邁步。

「White Room。」

這單字從耳朵傳入我腦袋時，我便無意識地停下了腳步。

我缺乏冷靜。為何、為什麼——這種疑惑逐漸擴大。

「很討厭對吧。被只有對方才握有的情報所擺布。」

「……妳……」

「這是令人懷念的再次相遇，所以我認為我得打招呼呢。」

居然說是再次相遇？

我就這麼背對坂柳，把臉面向她。她是我完全沒見過，真的毫無印象的少女。

過去我也不曾失憶。

我是在學校才知道這名少女——坂柳。

這件事實不會有錯。

「這也難怪。你不認識我，但我認識你。這也算是不可思議的緣分吧。沒想到會在這種地方和你再次相遇。老實說，我還以為不會再次遇見你。不過，這樣所有謎團都解開了。無人島、船上，以及D班的退學騷動——無論如何，我都不認為一切都是堀北鈴音的作戰。一切都是你在暗中操縱呢。」

「妳在說什麼？我們可是有好幾個參謀呢。」

首先分析，再來不焦急地冷靜克服。思考則是在最後。

「參謀是指堀北鈴音同學嗎？還是平田洋介同學？無論是誰，既然你的存在出現，有誰在都沒關係了呢。」

……這傢伙所言不假。看來她真的認識我。

「請放心。因為我暫且不打算告訴任何人。」

「說出來應該會變得輕鬆吧？」

「畢竟我不想被打擾，我才適合葬送虛假天才這項職責。」

喀鏘。細拐杖頂著走廊地板。

「這個無趣的校園生活裡，也稍微有了樂趣。」

「我能問一件事嗎？」

「很榮幸能接受你的提問。請問吧。如果你想知道我認識你的理由，我也可以回答喔。」

「不，我對那種事情沒興趣。我只想知道一點。」

我注視坂柳的雙眼。

「憑妳能葬送我？」

我這麼問。

「……呵呵。」

輕輕笑著的坂柳，又再次笑了出來。

「呵呵呵。不好意思，我忍不住笑出來了。但我並不是刻意汙辱你的發言，因為我很清楚你是多麼厲害的人物。我現在變得很期待呢。畢竟破壞你父親創造的最高傑作，才能達成我的夙願。」

我也希望如此。

因為我自己的敗北，也代表著打敗那個男人呢。

真希望妳破壞我自己懷抱的這份悲哀矛盾——

我打從心底這麼想。

後記

您好，新年快樂。我是衣笠彰梧。

第五集睽違四個月發售（註：此指日本發售狀況）。其實我原定更早交件，可是這次又再次變成間隔四個月。很想說下次一定會達成，但在此宣言也不會有什麼好事，我就先不這麼做了。

本篇開始了第二學期，其開幕戰則是體育祭。這次故事是主角作為幕後黑手活動，並以全班、堀北為主軸組成故事之形式。然後，知情主角過去的人物終於登場了。這集同時也是讓學校裡逐漸更進一步認識主角存在的最初契機。故事還在初期階段，但今後我會努力寫作，還請各位多多指教。

那麼，去年我受了各式各樣人的幫助。尤其是插畫師トモセシュンサク大人。然後，雖然編輯大人您每次都沒事打來，或是找我閒聊，但關鍵時刻比任何人都可靠。真是受您照顧了。深深希望本年度您也會和我很要好。

各位讀者及相關人員，今年也請多多指教。

國家圖書館出版品預行編目資料

歡迎來到實力至上主義的教室 / 衣笠彰梧作 ; Arieru譯. -- 初版. -- 臺北市 : 臺灣角川, 2017.06-

冊； 公分

譯自：ようこそ実力至上主義の教室へ

ISBN 978-986-473-717-8(第4冊：平裝). --
ISBN 978-957-8531-14-7(第5冊：平裝)

861.57 106006384

歡迎來到實力至上主義的教室 5

（原著名：ようこそ実力至上主義の教室へ 5）

2017年12月18日　初版第1刷發行
2024年7月3日　初版第15刷發行

作　者：衣笠彰梧
插　畫：トモセシュンサク
譯　者：Arieru

發行人：台灣角川股份有限公司
總監：呂慧君
總編輯：蔡佩芬
主　編：林秀儒
編　輯：黃怡珮
設計指導：陳晞叡
美術設計：宋芳茹
印　務：李明修（主任）、張加恩（主任）、張凱棋、潘尚琪

發行所：台灣角川股份有限公司
地　址：104台北市中山區松江路223號3樓
電　話：（02）2515-3000
傳　真：（02）2515-0033
網　址：www.kadokawa.com.tw
劃撥帳戶：台灣角川股份有限公司
劃撥帳號：19487412
法律顧問：有澤法律事務所
製　版：巨茂科技印刷有限公司
ISBN：978-957-853-114-7